SI MA TANTE EN AVAIT

Chronique bretonne

DU MÊME AUTEUR

Dans la même collection :

Laissez tomber la fille.
Les souris ont la peau tendre.
Mes hommages à la donzelle.
Du plomb dans les tripes.
Des dragées sans baptême.
Des clientes pour la morgue.
Descendez-le à la prochaine.
Passez-moi la Joconde.
Sérénade pour une souris défunte.
Rue des Macchabées.
Bas les pattes.
Deuil express.
J'ai bien l'honneur de vous buter.
C'est mort et ça ne sait pas.
Messieurs les hommes.
Du mouron à se faire.
Le fil à couper le beurre.
Fais gaffe à tes os.
A tue… et à toi.
Ça tourne au vinaigre.
Les doigts dans le nez.
Au suivant de ces messieurs.
Des gueules d'enterrement.
Les anges se font plumer.
La tombola des voyous.
J'ai peur des mouches.
Le secret de Polichinelle.
Tu vas trinquer, San-Antonio.
En long, en large et en travers.
La vérité en salade.
Prenez-en de la graine.
On t'enverra du monde.
San-Antonio met le paquet.
Tout le plaisir est pour moi.
Du sirop pour les guêpes.
Du brut pour les brutes.
J' suis comme ça.
San-Antonio renvoie la balle.
Berceuse pour Bérurier.
Ne mangez pas la consigne.
La fin des haricots.
Y'a bon, San-Antonio.
De « A » jusqu'à « Z ».
San-Antonio chez les Mac.
Fleur de nave vinaigrette.
Ménage tes méninges.
Le loup habillé en grand-mère.
San-Antonio chez les « gones ».
San-Antonio polka.
En peignant la girafe.
Le coup du père François.
Du poulet au menu.
Le gala des emplumés.
Votez Bérurier.
Bérurier au sérail.
La rate au court-bouillon.
Vas-y Béru !
Tango chinetoque.
Salut, mon pope !
Mange et tais-toi.
Faut être logique.
Y'a de l'action !
Béru contre San-Antonio.
L'archipel des Malotrus.
Zéro pour la question.
Bravo, docteur Béru.
Viva Bertaga.
Un éléphant, ça trompe.
Faut-il vous l'envelopper ?
En avant la moujik.
Ma langue au Chah.
Ça mange pas de pain.

N'en jetez plus !
Moi, vous me connaissez ?
Emballage cadeau.
Appelez-moi chérie.
T'es beau, tu sais !
Ça ne s'invente pas !
J'ai essayé : on peut !
Un os dans la noce.
Les prédictions de Nostrabérus.
Mets ton doigt où j'ai mon doigt.
Si, signore.
Maman, les petits bateaux.
La vie privée de Walter Klozett.
Dis bonjour à la dame.
Certaines l'aiment chauve.
Concerto pour porte-jarretelles.
Sucette boulevard.
Remets ton slip, gondolier.
Chérie, passe-moi tes microbes !
Une banane dans l'oreille.
Hue, dada !
Vol au-dessus d'un lit de cocu.

Hors série :

L'Histoire de France.
Le standinge.
Béru et ces dames.
Les vacances de Bérurier.
Béru-Béru.
La sexualité.
Les Con.
Si « Queue-d'âne » m'était conté.

Œuvres complètes :

Dix-sept tomes déjà parus.

SAN-ANTONIO

SI MA TANTE EN AVAIT

Chronique bretonne

ÉDITIONS FLEUVE NOIR
69, Bd Saint-Michel — PARIS-XIIIe

ISBN : 2-265-00717-X

Le poète emploie tous les mots.

Louis Scutenaire

A Bertrand POIROT-DELPECH
héroïque défenseur de mes zœuvres, je dédie quelques-unes de ces pages, au choix.

Avec mon amitié,

San-A.

Si ma tante en avait, on l'appellerait mon oncle.

Roger PEYREFITTE
(De l'Académie française,
par cousin interposé).

C PREMIER

Du genre cauchemar

Je regarde tomber la pluie.

Plus exactement, je regarde son ruissellement le long des façades de granit. De toute beauté. Chiant mais noble. Le granit, franchement, c'est payant pour le noir et blanc. Évidemment, si tu préfères tourner en couleurs, vaut mieux filmer une corrida.

La flotte dégouline le long des pavés inégaux. Au café de la Marine, y'a un marin qu'est sorti pisser contre la borne à anneau qui servait dans les jadis à attacher les bourrins. Une vieille fille à mitaines qui radine en droite ligne de la messe de 8 heures 15, le pébroque en avant, la jupaille enroulée autour des fourchettes à fondue qui lui servent de jambes, crie au mataf qu'il est répugnant. J'entends pas, mais je devine car je sais lire sur les lèvres des vierges. Le pisseur se volte-face pour montrer son big zob transocéanique à la gonzesse. Il est chibré comme est encorné un cachalot, cézigue. La vioque se voile la face de son pépin et s'empresse de calter dans les bourrasques atlantiques. Le beffroi de l'église carillonne on ne sait quoi, ni pour qui. Marins perdus z'en mer, comme chantait papa, quand j'étais chiare et que je le croyais immortel, mon dabe. Et puis il est mort et des tas de marins se sont perdus z'en mer depuis, parce que la vie, t'as beau avoir du poil au cul, jolie madame, elle fonctionne comme ça et pas autrement.

Derrière moi, l'officier de police Le Guennec enregistre la déposition d'un petit loubard qui a chouravé l'album du King Elvis chez le disquaire de la Grand-Place.

Franchement, y'a pas de quoi se filer des plumes d'autruche dans l'oigne pour gambiller le french concon. La vie te m'a une de ces gueules, ce matin !

« Et pourquoi qu't'as volé ces disques, hé, tordu ? s'inquiète Le Guennec, c'serait été du Mozart, encore. Mais Elvouiss Pricelet, j'arrive pas à piger. Ça consiste en quoi dans ta pauv' tête ? »

J'abandonne la fenêtre morose et toutes les tristeries bretonnantes qu'elle révèle. Le mieux, quand on veut se buter, c'est quoi, à ton avis ? La praline dans le temporal ? T'es sûr ?

Je quitte la pièce après un regard fraternel au lavedu en blouson de faux cuir, col de polyester, boutons de plastique. Sans les dérivés du pétrole, il irait à poil, ce petit gonzier. Il a une bouille pâlotte, des yeux de pêcheur breton qui ne pêche pas.

Je descends trois marches de l'escalier de pierre, puis je reviens dans le bureau. M'approche de la machine à écrire de Le Guennec. J'arrache le rapport du chariot d'un geste dingue.

— Allez, fous le camp, Ducon ! je lance au gamin.

Le Guennec est furax. Sa mâchoire se crispe à en produire des étincelles. Le môme se lève et me défrime sans y croire. Je lui balance une tarte qui le propulse contre la cloison.

— Si un jour on te ramène ici, je te massacre ! lui dis-je.

Il s'en va. Je frotte ma main cuisante contre la jambe

de mon grimpant. L'officier de police Le Guennec se demande ce qui m'arrive.

— Je ne sais pas ce qui m'arrive, lui dis-je tout simplement. Vous n'avez jamais des coups de flou, vous ?

Il répond que si, mais je sais bien que ce n'est pas vrai. Sa vie est impec, magistrale de régularité.

Un con !

— Vous savez, Le Guennec, je lui murmure, c'est dur à assumer l'intelligence. Ça crée des servitudes.

Il rit con. Il perd pied. C'est un bon zig, un vrai vachard. Service, famille, patrie. Il va aller raconter partout que je ne tourne pas rond. Et alors là, il dira vrai. Ma matière grise fait des couacs depuis quelque temps. Le commissaire d'avant moi était un gros pas bileux qui laissait pisser le mouton en attendant sa retraite. Sa retraite est arrivée. Il cultive des géranias en attendant son cancer : au fumier de cheval, y'a rien de tel. Seulement faut se gaffer des écorchures à cause du tétanos.

— Dites donc, Le Guennec, y'a des putes, je suppose, dans ce pays ? J'ai envie d'aller me faire bricoler un petit brin, manière de m'éclaircir le mental.

Il en revient pas. Je vois des bulles de savon sortir de ses oreilles et de ses narines.

— Mais je...

— Ah non ! explosé-je, vous n'allez pas jouer les rosiers, mon vieux. Des putes, il y en a partout où s'opère une concentration urbaine. Alors dites-moi où se tiennent celles de Ploumanac'h Vermoh ?

Il rit con de nouveau. Note qu'il est con et que tout ce qu'il dit ou fait est con, mais, en supplément, il « décide » d'être con, alors ça gagne en intensité connesque, comprends-tu ?

— Les mieux, balbutie Le Guennec, sont celles de la rue de l'Abreuvoir.

— Numéro ?

— Y'a pas de numéro, c'est la maison aux volets rouges.

— Merci. Vous venez vous faire faire une pipe, c'est ma tournée ?

— Heu... Non, merci, monsieur le commissaire.

Cette fois je me barre.

En bas, sur le banc de bois de l'entrée, j'avise un Troudeballe armé d'un Nikon. Il se lève en m'avisant et bredouille :

— Félix Guingande, du *Phare* de Ploumanac'h Vermoh. Vous êtes le nouveau commissaire, n'est-ce pas ? Le fameux commissaire San-Antonio de Paris ? Je voudrais vous demander de m'accorder une petite intervioure et aussi de prendre une photo afin de vous présenter à nos lecteurs.

— Préparez votre appareil, dis-je.

Il s'affaire. Pendant ce temps je déboucle ma ceinture ainsi que mon bénouze. A l'instant où il se met en batterie, j'en fais autant. Il a un cliché fabule de mon cul.

— Passez-le à la une, conseillé-je, ça fera grimper le tirage.

Et sur ces fortes paroles, je me mets en quête de la rue de l'Abreuvoir.

CH DEUXIÈME

L'évocation sacerdotale

Elles ressemblent à des naufragées sur un radeau, tant elles sont médusées, les ronfleuses à la mère Passepoil. Trois monotones pétasses de province reculée, suceuses de quincailliers et fouetteuses de notaires. Y'a Irma-la-Rude, Blanche-Neige la noiraude, Barbara la vache blonde, pleine de cul et de nichons. Elles bivouaquent dans le salon aux volets clos. Irma joue « La lettre à Élise » sur un piano quart de queue (malgré le lieu) en plein désaccord avec lui-même. Blanche-Neige tricote une infamie rosâtre qui deviendra cache-nez une fois fini. Le nez qu'il aura à cacher doit être véry volumineux si j'en crois les seize mètres de long qu'il mesure déjà. La Barbara lit une revue inconnue au bataillon des kiosquiers, couleur dégueulis de noce, dont la couvrante représente un garçon coiffeur italien câlinant farouchement une soubrette à la Kiraz (gratis).

La mère Passepoil ressemble tellement à une bordelière que même déguisée en religieuse au milieu de Saint-Pierre de Rome, tu l'aborderais pour lui demander le nom de sa meilleure pipeuse. Elle porte une jupe de velours noir, très longue, un chemisier de satin violé (pardon : violet) et des boucles d'oreilles que chacune représente un perroquet de jade sur un perchoir d'or accroché à une branche de palmier taillée dans une émeraude de Manufrance.

Son rouge à lèvres est presque blanc, son bleu à yeux tout à fait vert, et sa poudre de riz qui sent bon la merde à la violette, s'écaille par plaques de dix centimètres carrés chaque fois qu'elle sourit.

Elle dépose sur moi l'éclat de ses prunelles, lequel va chercher dans les mille watts. Je chausse mes lunettes de soleil afin de protéger mes prunelles dolorantes et lui rends son sourire au quadruple.

— Je n'ai pas encore le plaisir de vous connaître ? me gazouille Mistress Cacatoés, en me tendant une main franche et massive gantée de bagouzes variées.

Je la lui prends, en suppute mentalement le poids, la lui rends n'étant pas acquéreur.

— Je suis le nouveau commissaire de Ploumanac'h Vermoh, dis-je.

Son sourire d'hôtesse se transforme en publicité pour laxatif.

— Oh ! Ah ! Parfait ! Très bien ! Enchantée ! Ravie ! Treize honorées ! Heureuse !

— Repos ! jeté-je rudement, avant qu'elle me fasse enfler les testicules.

La cheftaine morue rengracie.

Son indécision fait peine à voir.

— Vous venez pour... Enfin, je pense que le commissaire Létron vous a mis au courant ? qu'elle enhardit, la vieille vachasse satinée.

— Au courant de quoi ? l'à-brûle-pourpoints-je. De la petite enveloppe mensuelle ?

Elle glousse, soulagée.

— Du moment qu'il vous a causé...

Je lui flanque les jetons en relevant mes besicles sur mon front.

— Je vois mal comment vous pourriez assister à un

match de tennis avec des boucles d'oreilles de ce calibre, noté-je. Ce serait risquer la vie de vos voisins de tribune.

Déconcertée, elle caresse sa volière du bout des doigts.

— Le commissaire Létron était une vieille guenille à l'ancienne mode, Mme Passepoil, reprends-je. Un faisan pourri qui puait plus fort que les chalutiers revenant de leur Terreneuvaine. Je suppose qu'il éclusait sa boutanche de roteux quand il passait enfouiller le carbure, non ? Et il devait faire mâchouiller son bricolet par vos demoiselles du temps qu'il se trouvait à pied-d'œuvre. Ou plutôt, attendez... C'est vous qu'il fourrait, pas vrai ? Régime de faveur. Vos gosselines ne sentaient pas suffisamment le rance pour complaire à ce bidasse de la rousse. Lui, il se payait mémère pour le prestige. C'était un hiérarchique. Je l'ai vu pour la passation des pouvoirs. Il donnait envie de gerber.

La Vioque déconfit à tout berzingue. Je l'entends qui se craquelle sous son mauvais ravalement. Elle fendille de partout, la marchande de fesses.

— Plus d'cnveloppes ! lui dis-je. Votre période byzantine commence, ma bonne amie. Votre bas de laine va se dilater comme le slip de vos clients. Vous allez investir dans le Napoléon, l'or, y'a que ça de sûr.

Tout ça, debout dans l'entrée.

Je m'impose d'un coup de hanche et me dirige vers le salon d'où est postée « La Lettre à Élise ».

Les trois grasses sont laguche, livrées aux occupes signalées un peu plus avant dans l'œuvre.

Elles s'interrompent en m'apercevant.

S'empressent avec autant de flamme que trois glaçons dans un verre d'eau.

— Mesdemoiselles, je vous présente monsieur le nouveau commissaire ! vaporise la Passepoil.

Ça ne les congestionne pas outre-mesure, les demoiselles presse-bite. Commissaire ou pas, je suis un julot qu'il va sans doute falloir grimper, un chibre à faire macérer dans de la salpingite. Alors, tu parles, jeune ou vioque, fringuant ou bidonnant, ça leur passe au-dessous de la tête, très au-dessous !

Rassérénée, la Mactée s'approche de messire moi-même en tangotant du superflu.

— Qu'est-ce qui vous ferait plaisir, monsieur le commissaire ? Ces jeunesses se mettront en quatre pour vous être agréables.

— Qu'elles restent bien entières, surtout, réponds-je. La seule chose que je vais vous demander, aimable sous-maîtresse de maison, c'est la permission de passer un quart d'heure de Rabelais dans l'un de vos fauteuils. Que ces exquises jouvencelles continuent de vaquer ! J'adore « la lettre à Élise », l'ayant reçue moulte fois en pleins tympans. Je raffole de voir tricoter et si mademoiselle la belle blonde que voilà voulait bien me prêter son merveilleux magazine, ma joie confinerait au délire.

La vieille n'en revient pas. Ses mornes créatures s'en retournent à leurs oignons. Je choisis un fauteuil profond, en cuir saturé. M'y incruste jusqu'aux épaules et me laisse naviguer sur l'onde mauvaise à boire du nouveau quotidien qui m'échoit. Dans les passes difficiles, il est conseillé de faire la planche.

— Une coupe de champagne, monsieur le commi…

— Ta gueule, rombière !

Elle se le tient pour vingt.

Ti lali lali lali lali lala, que fait la môme Irma sur son dentier de chameau.

Cling cling, répondent les aiguilles à maille-à-partir de la Noirpiote.

Je ferme les yeux. Je me revois à la *Paris Détective Agency,* ce merdeux matin-là.

C'était il y a cinq jours.

C'était il y a cent ans !

***

J'étais en train de téléphoner à une choucarde frangine accrochée depuis peu à mon palmarès : Rosine. Ça faisait Musset. Mais cela dit, c'était la vraie jeune fille moderne, salope et délurée. Pour te dire, quand je l'ai rencontrée, elle pilotait une Yamamoto 500 cc. Plus exactement, c'est elle qui m'a rencontré puisqu'elle a défoncé l'arrière de ma tire à un feu rouge, la belle amazone. Sur le coup, j'ai eu la mentalité du tomobiliste.

— Non, mais ça va, espèce de connard, quand on ne sait pas contrôler une moto, on s'achète un tricycle !

Le connard a ôté son casque à heaume, façon Richard Cœur-de-Lion, un Niagara de cheveux d'or lui est tombé sur les épaules. C'était une connarde. D'ailleurs son blouson de cuir très ajusté confirmait la chose en deux exemplaires gros comme des melons. En apercevant le tout, j'ai oublié l'enfoiré de carrossier qui allait se goinfrer avec ma bagnole.

Elle possède un de ces regards, la Rosine, qui te flanque une volée de kilowatts dans les roustons. Et puis de la voir acalifourchonner son bolide, la moulasse bien dessinée sous le futal de cuir pareil à une peau de dauphin, te mettait du vague à l'âme dans le glandulaire. Ça s'est arrangé, l'accident.

Je lui ai demandé s'il lui restait une robe du dernier bal masqué où elle s'était rendue, car dans l'affirmative, j'étais prêt à l'emmener dîner chez *Maxim's,* le soir même. Elle m'a assuré qu'elle se déguisait en Martien juste pour aller défoncer les Jaguars dans les rues de Pantruche, qu'excepté, elle rechignait pas à revêtir les oripeaux de son sexe. Alors, bon, on a bamboulé une bonne partie de la noye et ça s'est terminé par l'embroque héroïque dans le luxueux appartement de trois pièces qu'elle possède rue de Passy, cette miséreuse. Et quelle séance, mon général ! Ce qu'elle ne sait pas de l'amour est écrit dans des vieux grimoires tibétains ; sinon elle connaît tout le reste sur le bout de la langue.

D'accord, une gonzesse commak, si tant tellement expérimentée, t'as pas envie de l'épouser, parce que tu te rends parfaitement compte qu'elle a pas acquis ce beau savoir dans les bouquins à Guy Descartes et qu'a fallu qu'elle s'en stocke, des pafs, pour constituer un tel capital expérience. Une nana de ce tonneau, tu n'es qu'un épisode dans sa trajectoire. Mais enfin, c'est chiément passionnant les échanges cul-turaux avec une mousmé de cette ampleur, belle à crier, passionnée, folle de baisance et qui devine tout, qui le tente, le réussit, en reveut, en reprend, en redonne, t'en laisse, s'en occupe, te l'apprend, s'y consacre.

Depuis trois jours, et plus encore trois nuits, je dégodais plus, le grand mât dressé à tout vent, la burnerie en cale sèche à force d'à force, très bien de se gaver de tartares et de bouffer poivré, mais faut le temps de se refaire une foutrée, quoi merde, on n'est pas des bœufs ! Je redoutais l'instant que me viendrait du fadinge dans le transistor car c'était pas le genre de greluse que tu pouvais arpenter en prothèse, que non, là là fallait la voir : toute fumante, suante, aspirante, refoulante aussi, mais bien moins ; incandescente à l'extrême, ma Rosine. Lubrifiante, édifiante, fiable, consommable, admirable ; assez pathétique, même, pour dire. La chatte grandiloquente ; sublime à force de trouvailles ingénieuses que tu te demandais pourquoi t'avais encore jamais eu l'idée de brosser comme ça !

Ce merdeux matin-là que je te cause, je lui tubophonais dans mon somptueux burlingue, récapitulant nos prouesses de la nuit, évoquant celles de l'après-midi.

Et la porte s'ouvre à la volée. Quatre mecs paraissent : des balaises malgracieux, impers mastic, cheveux coupés ras, à l'officier de spahis. Juste comme je disais à la mère Rosine qu'il me venait une trique monstrueuse de lui parler et que je pouvais la lui faire entendre en en matraquant l'écouteur. Les quatre gugus, leurs frimes me rappelaient des instants ; j'avais sûrement dû les voir un jour, mais où ? mais quand ? T'aurais visionné ces monstres ! Bousculés comme les Terre-neuvas de *Mon Frère Ivre*. Ils étaient quatre aux carrures terribles ! Avec des mines de contentieux à régler.

Moi, j'interloque du spectacle. Sans se gaffer de rien, Rosine m'expliquait qu'elle avait le frifri comme du vitriol. Je lui réponds qu'elle le laisse pas éteindre et qu'à tout à l'heure excuse-moi j'ai du monde.

Derrière le beau groupe homogène, y'avait la Claudette, pâlotte, le regard qui lui pendait comme deux étriers mal réglés.

— Qui êtes-vous ? je leur questionne sèchement, agrippé à mon self-contrôle.

— Les nouveaux, me répond l'un quatre.

— Les nouveaux quoi ?

— Les nouveaux animateurs de cette agence, rétorque le même.

« Animateurs ». Le mot était gracieux. J'ai rigolé.

— Ah, oui, sans blague ?

— Tout ce qu'il y a de sans blague.

Il a déposé une feuille de papier devant moi, sur la surface luxueuse de mon burlingue. L'en-tête du Ministère de l'Intérieur en jetait en haut du document. Quant au bas, il était constellé de tampons allant du bleu pervenche au violet épiscopal. Dans l'intervalle, ça disait que je devais évacuer les locaux sur-le-champ, ainsi que mes collaborateurs, et qu'on devait se mettre à la disposition de la Direction.

Mézigue, j'ai cru rêver. Ça ressemblait tant tellement à un cauchemar que je croyais m'entendre ronfler.

J'ai appuyé sur le bouton d'appel du Vieux.

Rien. J'ai actionné l'écran vidéo placé devant moi et qui nous met en liaison, Achille et moi. Il est resté con comme le morceau de verre qu'il était, gris comme ton tricot de corps, opaque comme ton intelligence. J'étais coupé d'avec la Grande Cabane.

Alors j'ai décroché le bigophone, mais la ligne était partie à la pêche.

Pendant que je procédais, trois des quatre exploraient mon bureau, en terrain conquis, kif lorsque tu prends possession d'une chambre d'hôtel et que tu reconnais le territoire avant de t'y installer.

— C'est votre imper ? m'a demandé un gorille.

— Oui.

Il l'a soigneusement roulé, la doublure à l'extérieur, en se gaffant de pas plier le revers, puis l'a déposé sur mon bras. Un autre a ramassé la photo de Félicie placée devant moi et l'a fourrée dans ma poche. Des idées de massacre me grimpaient dans le minaret. Comment me suis-je retenu de foncer dans le tas et de partir à la cueillette des prémolaires ? Je ne le saurai jamais.

Béru avait une angine. Le père Pinaud filait une

nana qui depuis quelques jours inondait le quartier des Chamzés de faux talbins de dix raides. Mathias se payait un stage en Allemagne Fédérale pour étudier le foutre d'écureuil ou des choses moins importantes. Y'avait à l'Agence que la pauvre Claudette, effarée, doutant de moi pour la première fois. Mon caberlot ronflait comme la pile de Marcoule. Je me disais : « Mais qu'ai-je fait pour encourir une sanction pareille ! » Je pigeais pas. J'avais beau sonder, je voyais rien dans mes comportements anciens ou récents.

Les quatre lascars ont mis leurs mains dans leurs poches et se sont adossés, qui contre un mur, qui sur le coin de mon bureau, qui au montant de la lourde. Ils me fixaient avec insolence. Ils attendaient que je m'esbigne.

Je me suis levé, lentement. Claudette s'est mise à chialer dans l'antichambre.

— Je peux vous demander vos noms ? ai-je lancé aux quatre tordus.

— C'est pas la peine, on ne va pas se revoir, m'a répondu celui de parmi eux qui savait parler.

Ça me démangeait à outrance de lui tirer un taquet au bouc, histoire de voir ses lampions chavirer.

— Mon petit doigt m'assure que nous nous retrouverons avant longtemps, ai-je grondé, manière de sortir sans avoir l'air trop éperdument truffe.

J'ai attendu que la Claudette ramasse son vernis à ongle, ses lettres d'amoureux, ses boîtes de Tampax et son manteau de léopard en acrylique et col de lapin sous-traité.

Elle chougnait toujours dans l'ascenseur.

— Mais qu'est-ce qui est arrivé, qu'est-ce qui est arrivé ? a-t-elle hoqueté dans le hall.

— On va voir, ai-je répondu.

La honte me brûlait les oreilles. Comme ma tire était

chez le garagiste pour une vidange-graissage, on a pris um bahut.

— Quai des Orfèvres, cocher !

Le mandriver était un Arabe triste qui manquait de soleil à Paname. Il a décarré sans mot dire. Claudette s'est arrêtée de chialer. La circulation était encore possible à cette heure de la matinée. Parvenus à destination, j'ai conseillé à ma vaillante secrétaire d'aller m'attendre au café du Palais, comme quoi je la rejoindrais après mon entrevue avec le Vieux.

On devait déjà être au courant de ma disgrâce, à la Maison Parapluie, car les regards se détournaient sur mon passage. Lorsque j'ai demandé au brigadier Poilala de m'annoncer, il a eu une reniflade de mauvais augure et il a décroché le bigophone à regret.

— Peut-on informer monsieur le directeur que le commissaire San-Antonio sollicite une audience ?

Il s'obstinait à fixer le pied noir de son appareil. Il redoutait que je lui parle de mes problèmes. Les bifurcations de ma carrière filaient de l'urticaire à la sympathie qu'il m'avait toujours témoignée.

— Vous pouvez monter !

J'ai pris l'escalier. L'huissier m'a introduit, ce qui n'est pas une façon de causer vu qu'il est pédé comme cent phoques, ce con.

Et alors, je vais te dire, ce qui a suivi, je ne l'aurai pas encore oublié mille ans après mon décès.

En pénétrant dans l'antre d'Achille, j'ai compris au premier regard qu'il n'était plus laguche, Pépère. Un autre dirlo l'avait remplacé. Un grand blond, beaucoup plus jeune, au visage soufflé, avec un regard de poisson pêché de huit jours : Frank Morticol, un affreux fouille-merde, intrigant réputé, cloporte de ministères et suceur de ministres. On l'appelait « la Gonzesse » à la maison poulman, bien qu'il fût marié à la fille d'un vieil ambassadeur. Il avait trempé dans des chiées de petits complots de cour et respirait l'odeur merdique des alcôves réputées.

Il m'a regardé entrer d'un air glacial avec je ne sais quoi d'hostile, de très mauvais dans toute sa personne. Il portait un Lapidus gris perle, une chemise en soie sauvage, une cravate bleue et rouge qui en crachait.

Comme je le matais sans piger, il m'a lancé :

— Bonjour, commissaire.

Ses yeux faisandés avaient une couleur d'urine. Sa peau blafarde écœurait.

— Vous paraissez surpris, ignorez-vous que je viens d'être promu directeur ? Vous n'avez donc pas écouté la radio ni lu les journaux, ce matin ?

Comme si tu pouvais faire tout ça en ayant limé la môme Rosine pendant six heures d'horloge !

— Je l'ignorais.

Il ne m'invitait pas à m'asseoir, lui. Au contraire, il rejetait son buste en arrière pour avoir de moi une perspective ascendante et prenait une posture adéquate dans le cher fauteuil du cher Vieux.

— Voyez-vous, commissaire, la publicité faite à votre dernière enquête à propos de l'affaire Arthur Rubinyol (1) n'a pas été appréciée. L'Ambassade Soviétique a protesté énergiquement et a réclamé des sanctions que le gouvernement a été amené à prendre. En conséquence desquelles, mon prédécesseur est devenu… mon prédécesseur, et vous avez été muté, ainsi que votre équipe, au commissariat de *Ploumanac'h Vermoh* dans le département des *Côtes d'Armor.* Vous êtes invité à prendre vos nouvelles fonctions dans les quarante-huit heures.

Un léger temps.

(1) Lire à tout prix *Vol au-dessus d'un lit de cocu.*

— Je vous souhaite bonne chance.

Je restai immobile, pétrifié. Cet enviandé de Morticol espérait de moi un éclat.

— Vous n'avez rien contre la Bretagne, j'espère ? Parce que, dans ce cas, il vous serait évidemment loisible de démissionner.

Il me l'enlevait de la bouche et c'est à cause de son empressement que je suis resté. Il n'attendait que ça : ma démission, Frank-la-Gonzesse. J'étais exactement le genre de mec qu'il haïssait d'instinct. Les comme moi l'empêchaient de dormir. Il ne fallait pas lui offrir ce bonheur. J'ai trouvé la force de lui cloquer un grand sourire franc et massif.

— J'adore la Bretagne, monsieur le directeur, et aucune nomination ne pouvait m'être davantage agréable.

Son sourire a disparu. Je suis sorti sans le saluer, en sifflant à pleins poumons cette chère vieille rengaine du bon Tino : « O qu'elle est belle, ma Bretagne ».

***

— Vous me ferez bien le plaisir d'accepter un doigt de ce porto, monsieur le nouveau commissaire, fait la mère Passepoil en se la radinant avec un plateau, il a quarante ans d'âge.

Je mate sa vitrine fatiguée. Elle est attendrissante dans le fond, cette vieille haridelle. On suit sa valeureuse carrière sur ses traits mal ravaudés. Trente piges de tapin, de-ci et là : Paris, sûrement, dans des taules d'abattage à cent passes par jour, et puis un Monsieur Léon quelconque qui, l'âge de la remise étant venu, l'installe dans ses bois, au pays d'Armor natal. Elle ne prend plus de rond qu'avec certains habitués huppés auxquels elle réserve des extases rarissimes : la pipe au thé de Ceylan, la peau de mouton électrique, tout ça en grandissime faveur à marquer d'une pierre blanche. Elle dirige ses trois poufs benoîtement, maternelle et énergique : une main de fer dans un slip de velours. La pré-retraite... Dans cinq piges, dix au mieux, ce sera la petite villa Sam'suffit, avec un chat castré, une tombe à fleurir, et le thé de Ceylan, elle le boira en compagnie de quelques autres veuves au lieu de le recracher. La vie, quoi.

— Volontiers, chère madame.

Contente, elle emplit deux verres d'un liquide ambré.

— A votre carrière, monsieur le commissaire !

Merci pour la formule. Ma carrière, elle donne de la gîte ! Et pas qu'un peu. D'ici pas longtemps, ce sera l'odyssée du *Titanic.*

— Ce porto est sublime, déclaré-je sincèrement.

— Quand je vous le disais.

De plus en plus radieuse, elle me désigne ses trois pensionnaires d'une mentonnée circulaire.

— Vraiment, mes petites chéries ne vous tentent pas ?

Au lieu de répondre, j'éclate de rire. Tu sais quoi ? Je viens de me rappeler que je ne suis pas allé récupérer Claudette, l'autre matin, au café du Palais. Dans mon abasourdisance, je l'ai totalement oubliée, celle-là ! Elle morfond peut-être encore devant un crème, tu crois pas ?

— La tentation est une chose, le devoir en est une autre, éludé-je ; il va falloir que je parte. Merci pour le porto, madame Passepoil !

Les trois demoiselles se lèvent, comme à l'école lorsque m'sieur l'inspecteur vient faire chier le monde inopinément.

Il flotte de plus en plus dru.

Franchement, la Bretagne c'est beau, mais c'est triste. Quand j'arrive au commissariat, Le Guennec, d'un air enchifrogné, me rappelle que j'ai rendez-vous rue du Grand Calvaire avec Maître Goménolé, l'huissier, pour expulser un foyer de Portugais qui n'ont pas douillé leur loyer.

CHA TROISIÈME

Du graveleux comme à Gravelotte

Maître Goménolé est un petit sadique avec moustache de phoque, calvitie blanchâtre, nez pointu, yeux chassieux, menton fleuri, guiliguiligui.

Il parlemente avec le propriétaire de l'appartement, un monsieur cossu sous tous les rapports et fumier jusqu'aux paupières. Ledit, après m'avoir effusionné la main, m'explique avec une splendide impudeur qu'il est ravi d'avoir un prétexte pour expulser les Portugais, vu qu'il veut faire ravaler son immeuble classé par les Beaux-Arts et s'en confectionner un hôtel particulier.

On grimpe au dernier appartement occupé, les autres se trouvant libérés à force d'astuces et vilenies.

La Portugaise a trois moutards dans les jambes, un quatrième dans le burlingue, et douze autres en attente dans les roustons de son Vasco de Gama. C'est le genre obèse-poil aux pattes à varices. Elle pleure, demande des délais, raconte le reste dans sa langue maternelle tandis que ses petits faméliques poussent des cris pareils à ceux des goélands quand le cuistaud du grand paquebot vient d'achever sa vaisselle.

Maître Goménolé, au bord du fade, lit un arrêté comme quoi va falloir les mettre puisqu'on doit deux mille cent vingt-quatre francs soixante.

La malheureuse raconte sa mère, son pays, l'hagard Salazar, le porto, les sardines, la misère. Les autres dégustent en se pourléchant.

Pendant ce temps, je sors mon carnet de chèques, rédige au nom des Portugais un chèque de mille deux cent vingt-quatre francs soixante, inscris au verso : *payer à l'ordre de Maître Goménolé* et ordonne à la gravosse de signer, ce dont elle. Ensuite, je dépose le chèque sur la serviette râpeuse comme une langue de vache de l'huissier.

— Voilà, mon bon maître, et maintenant, laissons cette digne personne étancher ses gosses.

Le Goménolé devient rouge comme un tas d'épinards.

— Mais, commissaire, qu'est-ce qui vous prend ?

— J'adore le Portugal, éludé-je, au plaisir, messieurs !

J'abandonne mes lascars. Ils vont se répandre dans toute la contrée en clamant que je suis dingue, et c'est vrai qu'il me manque une case, par moments. Mais quoi : la vie ne ressemblerait pas à grand-chose si on ne la saupoudrait pas de dinguerie.

Je me sens le cœur un chouïa plus léger.

D'autant que la pluie vient de cesser et que la petite ville de Ploumanac'h Vermoh n'est pas mal du tout, en fin de compte, avec son granit, ses ardoises, ses monuments gothiques, sa place fleurie, sa gare repeinte, son kiosque à musique, son port empestant le poisson.

Cette fois, Béru, qui m'a suivi dans l'exil, est arrivé au commissariat. Il parle encore épais, conséquence de sa récente angine et, soucieux d'appliquer les thérapeutiques les plus efficaces, conserve l'une de ses chaussettes dûment portée autour de son cou, fixée par une épingle de sûreté (évidemment).

— J'sus content, explique-t-il, Berthe vient d'trouver du travail, elle s'ennuilliait trop dans ce bled merdique, comprends-tu ?

— Que va-t-elle faire ? m'enquiers-je poliment.

— Elle reprend son ancien métier de quand t'es-ce je l'ai connue : serveuse. Elle va travailler au café de la Marine, juste à côté d'ici. Sympa, non ?

— Merveilleux, Gros. Et Marie-Marie ?

— Elle s'a inscrite à la Faculté de Quimper, j'vais y ach'ter un Solesque et quand y f'ra trop mauvais ell' chopera le car. Ça va, maâme ta maman ? Ell' s'plaît dans vot' nouvelle maison ?

— Oh, elle, pourvu qu'elle soit près de moi, que nous nous trouvions en Bretagne ou à la Terre de Feu, tu sais. Pour le moment elle emménage...

Le Gravos hoche la tête.

— Et puis quoi, y'a plein d'hortensias, murmure-t-il en s'efforçant à l'optimisme.

Un instant s'écoule.

— Tu viendras pas bouffer quelques huîtres ? suggère mon féal.

— Non, pas envie.

Il me pose la main sur l'épaule.

— On va se faire chier la bite ici, hein, Gars ?

— C'est bien parti pour, conviens-je.

— Si cet empaffé de Pinuche serait au moins v'nu av'c nous, au lieu d'profiter pour prend' sa r'traite.

— Nous aurions été trois au lieu de deux à nous faire suer.

— Si on laisserait tomber, Mec ? Et qu'on fondasse une autre agence ? Une vraie, c'te fois. Bien à nous ?

Je lui décoche un sourire.

— On pourrait envisager la chose, en effet, Gros. Mais rien ne presse ; attendons les beaux jours.

On laisse filer des secondes sous nos pieds. Le temps

que tu abandonnes, dont tu refuses l'usage, c'est comme un cadeau que tu fais à ton destin si pressé.

— Et t'as eu des nouvelles du Vieux ?

— Aucune. J'ai essayé de téléphoner à son domicile, on m'a répondu qu'il était en voyage. Sans doute est-il allé quelque part, au bout du monde, s'engloutir dans ses chagrins.

— Plaignons-nous pas, murmure Alexandre-Benoît, c'est beaucoup plus triste pour lui qu'pour nous qui sont jeunes.

Là-dessus (ou là-dessous, comme tu voudras) le bignou (pardon : le téléphone, y'a des mots argotiques qu'on ne peut plus se permettre en Bretagne) sonne.

Bérurier décroche.

— Ici le commissériat, j'écoute !

Il a rejeté son bitos en arrière. Le cuir de son couvre-sous-chef a imprimé une couronne baronale sur son crâne. Le pied de sa chaussette lui servant de foulard pointe bizarrement par l'échancrure de sa chemise. Il restera toujours unique, l'artiste, où qu'il se trouve, quoi qu'il advienne.

Son front se plisse sous l'effort d'entendement.

Il grogne des :

— Ah ! mouais. Qu'est-ce vous appelez porno ? Y'a des bites ? Siouplaît ?... Ah ! mouais ? Bon, on vient voir, renvoyez-le pas, surtout. Rue Jean-Bart ? Au 69... Ben av'c un numéro pareil, ma pauv' femme, fallait vous y attend'.

Il raccroche.

— Viens qu'on se marre un chouïe, me dit-il, c't'une vieille hallucinée qui gueule au s'cours vu qu'un boug'd'dégueulasse lu propose à domicile des trucs pornos.

Il me flanque une torgnole dans les endosses.

— Tu voyes bien qu'la province a du bon !

*
* *

C'est la villa granitique comme tout le restant de ce foutu bled. Sur la porte, tu lis une plaque émaillée, ornée dans un angle d'un bouquet de pensées, et sur laquelle est écrit :

« *Mlle Lamadoué, professeur de clavecin* ».

Nous sonnons.

La demoiselle vient nous ouvrir. C'est une personne qui frisotte la cinquantaine, plutôt dodue, fringuée par les Dames de France des années vingt. Elle est écarlate et tremble depuis ses fondations jusqu'au peigne maintenant son chignon.

— Merci, merci d'être venus si vite, messieurs, chuchote-t-elle ; l'individu est toujours là.

Elle nous désigne un mignon salon, avec des meubles bretons, tu penses bien : rouet-lustre, rouet-plateau, rouet-rouet, vues en couleurs armoricaines.

Un type vêtu d'un imperméable trop long et coiffé d'un chapeau trop large nous tourne le dos. Y'a un vrai matériel étalé sur la table devant lui : des magazines hérissés de bites, des vibro-masseurs pour les veuves clitos, des godemichets en plastique (Seigneur prothésez-nous, la voilà la véritable assurance vis).

— Police ! tonne l'Enorme.

Et voilà Pinaud qui se retourne, tout à trac, tout de go, tout debout, avec son bel air automnal, sa navrance congénitale, ses yeux mélangés, sa moustache époilée et roussie, son nez comme un dos de chevrette, ses tifs grisâtres. Et malgré qu'il soit irrémédiablement en virgules de chiottes, son regard s'arrondit de surprise. Malgré qu'il soit éteint comme un volcan auvergnat, il s'éclaire de contentage. Malgré qu'il macère depuis toujours dans les torpeurs encéphaliques, il se précipite sur nous comme de la limaille de fer sur les deux branches d'un aimant.

— Vous ! Oh ! vous autres ! Ah ! vous deux ! Ah ! Nous trois...

Puis pleure... A sanglots bêlants. Et l'on entend la rumeur de son émotion dans sa poitrine creuse productrice d'emphysème.

On s'étreint.

Se rétreint.

Se contraint.

S'explique.

Désireux d'améliorer sa retraite, Badernuche vient d'accepter un poste de représentant en sexeries pour le compte d'une grande maison danoise exportatrice de dégueulasseries en tout genre dont Pinaud (dit aussi la Pine, ne l'oublions point) détient un fort bel échantillonnage. Il aurait souhaité que cette entreprise lui réserve le secteur Pigalle, hélas, ne restait de disponible que les Côtes d'Armor. La Vieillasse se plaint. Excepté un curé, personne encore n'a répondu à son démarchage de vieux marcheur. On le refoule, lui lâche les chiens, le menace de la police. Un châtelain de l'arrière-pays est même allé jusqu'à décrocher son fusil. Enfin, il nous a retrouvés, Dieu soit loué (à tempérament).

Mlle Lamadoué, la claveciniste ulcérée, n'en revient pas de nos embrassades. La police étreignant le vice ! En plein fin fond de Bretagne, merde ! Alors, elle a décroché son chapelet de combat, s'est jetée toute crue sur un prie-Dieu, et la v'là en train de notrepérer à fond la caisse.

Remis de nos retrouvailles, Bérurier s'approche de la musicienne en transes.

— Dites, mon trognon, murmure-t-il, vous auriez-t-il la moindre des choses qu'on arrose le coup avec ce cher vieux camarade ? V's'avez bien raison de prier, c'est vraiment l'bon Dieu qui vous a fait prévenir l'commissériat. Tenez, passez-moi vot'chapelet qu'je vous reprenne pendant qu'v's'allez nous dénicher une boutanche. V's'en étiez là ? Jockey, je prends.

Et, de sa belle voix mélécassée par l'angine, l'homme à la chaussette autour du cou entonne :

« Not' dabe qu'êt' soucieux, que vot'blaze soye sanctionné...

Eperdue, ne sachant plus à quel saint, ou sein, s'avouer vaincue, la professeuse va prendre dans son buffet archibreton une carafe emplie d'un liquide émeraude au milieu duquel macère une branche de verveine.

Dans le fond, les gens, pour les bien connaître, il convient d'aller à eux et de ne pas chialer sa peine. Si je te disais : elle est plutôt chouette, miss Lamadoué. Bégueule, au premier rat-bord, pucelle de toute éternité, mais quand elle a éclusé trois verres de verveine infecte, elle fait comme le champignon du chêne : elle s'amadoue (1).

L'alcool lui donne des couleurs, et puis nous créons une si cordiale ambiance, quoi !

Comme la verveine ça poisse les muqueuses, elle révèle qu'elle a du muscadet à la cave. Béru l'accompagne. On entend des glousseries, des feuleries.

Ils reviennent, lestés de boutanches intéressantes, le chignon de la musicotte tire-bouchonne (à cause des bouteilles).

J'explique à Pinuche qu'on est en train de déguiser notre disgrâce en vacances, Béru et moi. C'est l'escapade polissonne. On va semer la merde dans ce pays

(1) J'en sais des choses, hein ?

Santonio.

tranquille. Après nous, ils sauront ce qu'est la délirade, les gens de Ploumanac'h Vermoh.

La Pine est ravie. Tout de suite poivre. Le muscadet, ç'a toujours été son big panard, au père rémoulade. Alors il en écluse à pleins godets. Et Mlle Lamadoué se fout au clavecin, pour jouer « La Peau de Couille », dont Béru lui fredonne l'air. Ça vire à la toute grande surpatte, notre rencontre. César Pinaud vante sa belle marchandise, il nous exige qu'on feuillette ses revues salingues où l'on voit des pétasses scandinaves se groumer l'ogne sans appétit, au 1/60ème, F 8. Ou bien, ces mornes dames entonnent des chibraques forcenés de Vikings à gueules de comptable. Mais c'est languissant malgré les poses savantes, les sexes énormes ou bien béants. Ça prend un côté clinique, moi je trouve. Un vrai remède contre la bandaison. La tristesse infinie du cul sur commande, du cul pris au flash, du cul pour exportation.

Pour lui faire plaisir, on l'assure que c'est vachement irrésistible, sa littérature par l'image. Alors il nous montre les toutes nouveautés en matière de vibromassage. Montés sur secteur ou à pile longue durée. L'orgasme garanti. Unisexe. Dame ou monsieur. Il redit à la demoiselle Lamadoué que c'est exactement l'article qui lui convient, à elle qu'est encore berlinguée. Le gode, dans son cas rance, c'est de l'article trop massif ; du zifolingue brutal, pour dame qu'a déjà vu venir et qui connaît la vie. Il déconseille. Même vaseliné, elle risque de pas trouver l'emploi de ce machin et donc, au figuré, de l'avoir dans le cul. Non, ce qui est super indiqué pour Annik (elle se prénomme ainsi) sans erreur possible, c'est bien le vibro-masseur à tête rouleuse. Tenez, donnez votre main, vous allez comprendre... Oui, elle pige, la claveciniste. Elle transpose de sa paume à sa chatte. Pardi, mais c'est bien sûr ! Le principe, tu penses qu'elle le pige recta, voire rectum. Et ça vaut combien, ce bel amant de poche ? Cent vingt francs ! Jésus ! Nouveaux ? Mais c'est de la folie de milliardaire. On est en Bretagne, pas en Califournie. Pinuche rebiffe avec son obstination coutumière. Si elle veut bien se donner la peine de calculer, la chère petite, à disons vingt branlettes par mois, ça met la branlette à zéro franc cinquante, étalé sur une année. Et ensuite t'as que les piles à racheter, vous voyez l'amortissement ? Elle arrive à un âge où l'index et le poignet fatiguent vite. Or, le surmenage musculaire t'engendrent des rhumatismes. Et c'est bon pour le clavecin, les rhumatismes ? Hum ?

En fait, c'est son métier qui est en cause. On n'a pas le droit de chahuter avec sa profession : c'est sacré, une profession. En l'accomplissant, tu te places au service de Dieu, comme qui dirait. Surtout claveciniste, selon nous. Redonnez votre main... Vous sentez ce frisson ? Ce vibrato léger ? Si je vous disais, y'a des mères de famille qui se convertissent à l'objet. Des qui en ont classe de se faire grimper par des gonziers qui sentent la vinasse et les plombent en roupillant à moitié. Bientôt, le vibro-masseur à tête rouleuse sera remboursé par la Sécurité et tu seras réapprovisionné gratuitement en piles, il prévoit, Pinuche. On dit, les Danois, les Danois, eh bien ils ne sont pas si cons que ça. Le confort du sexe, y'a lurette qu'ils l'ont pigé.

La vieille fille hésite.

Elle caresse l'appareil. Rêvasse.

Béru vient au secours de son camarade.

— J'serais d'toi, Pinuchet, j'y laisserais essayer, à la Annik. Avant d's'engager ferme, faut qu'elle morde bien l'topo, qu'elle susse à quoi ell'peut s'attendre, comme sensations, ce p'tit chou. Tiens, passe-moi ton fer à souder, Gars. V'nez, mignonne, dit-il au professeur, j'vais vous donner les derniers conseils, manière à vous éviter les bavures. J'ai expérié déjà des engins de ce type sur des cavales plus fougueuses que vous. V's'avez confiance en moi, j'espère, j'sus de la police, non ?

L'argument prévaut.

Le prévôt embarque sa ninette.

Tout est pour le mieux dans le meilleur des mondes. Je sens, à présent, qu'on va bien se marrer à Ploumanac'h Vermoh. Je refile notre adresse private au père La Nouillasse et je me rabats sur le commissariat.

L'officier de police Le Guennec tourne en ours comme un rond en cage, ou en cage comme un ours en rond, ou encore autrement si t'es doué pour les interversions, toi qui es déjà inverti.

— Vite, vite, vite, me balance-t-il, le sous-préfet vous réclame, cela fait déjà deux fois qu'il téléphone.

Je tords le pif.

L'existence, c'est toujours des tartines de merde. Tu viens à peine d'en bouffer une qu'on t'en sert déjà une autre ! Le sous-préfet ! Je l'imagine d'ici, ce nœud volant. Un petit pète-sec arrogant qui se prend pour le Président de la République.

Heureusement, j'ai pas loin à aller car la sous-préfecture se trouve à trois cents mètres du commissariat. L'avantage des petites villes, c'est le gain de temps au cours des déplacements. Tout y est groupé et, le cimetière excepté, se trouve au cœur de l'agglomération.

Je laisse ma tire et fonce à pincebroque. Un peu de footinge me décongestionnera les soufflets.

Un employé avec gilet et col de cellulo, comme en portait Pierre Larquey dans *Messieurs les Ronds de Cuir*, m'accueille avec empressement. Raie au milieu, voix d'eunuque.

Il y a des taches d'encre bleue sur ses revers et il va si souvent à la messe que son pantalon reste agenouillé quand bien même le type qui se trouve à l'intérieur se tient droit.

Je n'ai pas à me présenter : il me connaît déjà. Ici les murs ont des yeux. C'est poreux, la province, ça fonctionne par capillarité. T'as rien à dire, pas besoin de broncher, tout de suite on sait tout de toi. Les gens que tu y trouves te connaissent mieux que ceux que tu viens de quitter.

Le scribouillard m'entraîne dans un escadrin de pierre qui sent le salpêtre et le papier jauni.

Au premier, un grand admirable tableau, sombre comme une partouze de Sénégalais, représente une formide bataille navale entre Français et Anglais, ces cons, que la flotte française va gagner la manière qu'elle est seule à défourailler contre les barlus britiches. C'est signé sur cuivre « Xavier Moudu ». Le pur chef-d'œuvre qu'on aimerait peindre en rouge, au pistolet, pour le rendre plus gai.

A gauche et à droite du tableau, deux doubles portes capitonnées avec poignées de cuivre grosses comme mon braque.

Le rat mité ouvre un panneau. Il frappe à la seconde porte. Coule son museau par une ouverture où tu ne pourrais même pas glisser la carte de visite d'une sole venant de passer sous le rouleau compresseur, et m'annonce.

Puis il s'écarte.

Puis je m'avance.

Puis je pousse en grand la porte.

Puis j'entre en me comprimant l'émotion, car ces doubles lourdes matelassées m'évoquent celles du Vieux, à la Grande Taule.

Et puis je ne sais pas, je ne sais plus.

Je vois un grand burlingue triste. Des lambris, des dorures, des tapis râpés, des lustres, de grandes fenêtres Louis XIV.

Et, derrière le bureau, en buste, en chair, en os : le Vieux.

Je reste rigoureusement dans l'attitude de cette garce de Mme Loth changée en statue de sel. Le ci-devant dirlo se lève.

— Vous êtes le nouveau commissaire, et moi le nouveau sous-préfet, tonitrue-t-il. Ravi de faire votre connaissance.

Il vient à moi, m'ouvre les bras.

On s'embrasse.

Il sent bon Paris.

***

On est là, face à face, part et autre du grand bureau sinistre (ou ministre, j'sais pas au juste). On se rigole contre de contentement. Se met à jour. Je lui explique mon installation à Ploumanac'h Vermoh, celle du Gros. Le père Pinuche pris en flagrant délit de propagation de matériel obscène. Il rit, il rit de tout. Jamais je ne l'ai vu en aussi bonne forme. Décidément, ça lui réussit, la disgrâce. Un homme de son prestige, vaniteux comme un pou tricolore, balancé dans une sous-préfecture des Côtes d'Armor après avoir été l'un des personnages les plus puissants de France, y'aurait de quoi bouffer du *Valium* à la louche ! Ben non, tu vois. Lui, il se marre de la bonne blague. Déclare la chose cocasse.

— Comment avez-vous pu accepter ce poste indigent, monsieur le directeur ? m'étonné-je...

Il lisse son crâne étincelant du plat de la main.

— Sans doute par curiosité. Et aussi pour ne pas

leur donner la satisfaction de me voir démissionner, vous également, je gage ?

Il gage bien.

— Mais pourquoi a-t-on massacré ainsi nos honorables carrières ?

Il sourit :

— Voyons, mon petit Sana (c'est une première : jamais il ne m'avait appelé ainsi) vous n'attendiez pas de reconnaissance de l'Administration, je suppose ? C'est une concasseuse, l'Administration. Elle broie, elle broie sans s'attacher à la qualité du produit. En réalité, elle n'administre pas, l'Administration, mon petit : elle fait des pâtés.

— Tout de même, nous n'avions pas encouru de telles sanctions, monsieur le directeur.

— Appelez-moi : monsieur le sous-préfet, dit-il, en continuant de sourire. On encourt toujours la vindicte de ceux qui vous haïssent. Plus on monte, plus on est jalousé. Plus on est jalousé, plus on a d'ennemis qui travaillent à votre perte et finissent un jour par obtenir satisfaction. Ceux qui s'attachaient à nous démolir ont donc gagné, désormais ils nous ficheront la paix ! Dites-vous que, présentement, nous n'avons plus d'ennemis, Sana. Tandis qu'eux, si !

Là, son sourire s'est volatilisé. Son regard est violent comme une ruade de cheval.

Je lis des présages sur sa frite. M'est avis qu'il n'a pas dit son ultime mot, le Dabe. Et qu'on travaille à sa cause dans certaines antichambres. On fourbit du dégueulasse, on accumule du pas catholique, on déchausse des talons d'Achille (c'est le cas d'y dire). Il est pas passif du tout, mon vénéré Big Boss. Son sourire béat, ça lui vient du fiel qui s'agite en lui. Il prend son pied à fourbir la revanche. Il mijote dans des haines rationnelles. Il a motif de détester, c'est bon, c'est généreux ; ça survolte, ça dope, ça donne des énergies insoupçonnées.

Oui, oui, nos ennemis n'ont qu'à bien se tenir. Et même qu'il se tiendrait mal, le boomerang est déjà lancé. Il va leur catapulter la trombine incessant. C'est parti, mon kiki, gare aux taches !

Pépère rêvasse à sa revanche un moment, toujours en caressant sa somptueuse calvitie dorée sur tronche.

— Ah, oui, il faut aussi que je vous fasse part de jérémiades qui me parviennent à votre propos, Antoine (nouvelle grande première chez le frisé : *first time* qu'il me donne de l'Antoine) vous pratiquez des manières qui scandalisent cette honorable province. Vous libérez les voyous, acquittez de vos deniers les loyers impayés par les travailleurs émigrés ; vous vous prélassez dans la maison de tolérance du pays, les autochtones n'en reviennent pas. Mon téléphone crépite. On me demande d'où débarque ce nouveau commissaire avec ses manières insensées.

— Eh bien, vous savez quoi leur répondre, non ? objecté-je.

Il fait une moue qui ressemble presque à un baiser.

— Dites, Sana, vous n'allez pas me compliquer la tâche ?

— Sûrement pas, Patron. A présent que je connais mon sous-préfet, je vais rentrer dans le rang, promis.

Il acquiesce, ravi de ma soumission. Puis se lève pour m'escorter jusqu'à l'escalier ; t'entends bien ? *Jusqu'à l'escalier,* lui qui n'allait jamais plus loin que l'angle de sa table, dans les bons jours.

— Voulez-vous que je vous dise, mon petit ? Des trucs comme ceux qui nous arrivent, eh bien ça réveille. On s'arrache aux torpeurs de la routine. Je me sens rajeunir. Pas vous ? Il est vrai que vous n'en avez pas besoin.

Non, j'en ai pas besoin. Y'a rien qui te donne un plus solide coup de vieux que de rajeunir.

***

C'est quand je parviens à l'extrémité de la Grand-Place que ça se déclenche.

Je vais te dire : tout est paisible, morose, assoupi. Tout stagne dans un engourdissement armoricain du plus bel aloi. Au-delà de la ville, les genêts de la lande fleurissent. Les pavés disjoints brillent encore de la dernière pluie. Une vieille coiffée de sa bigouden, pardessus ses bigoudis, rase les murs en traînant un sac en toile cirée empli de légumes. La vie se bat les flancs.

Et puis, tout à coup, un fracas. Une chaise vient de défoncer la grande vitre du Café de la Marine et valdingue jusqu'à un banc de pierre avec lequel elle se met à flirter. Les rideaux à petits carreaux du bistrot s'échappent de l'établissement et flottent au vent du large, comme les jupailles de la reine d'Angleterre lorsqu'elle franchit la passerelle de son yacht pour aller montrer aux cons d'Ominium l'à quel point qu'elle est jolie et bien royale de partout. Il n'y a pas que les rideaux qui s'échappent du Café de la Marine. Des clameurs font de même. Et presque du tohu-bohu, sans charrier. On entend hurler des : « Non, arrêtez ! » des : « Séparez-les, bordel de merde » et autres recommandations allant dans le même sens, mais avec des variantes.

Mon travail consistant à faire respecter la loi, et une bagarre consistant à l'enfreindre, je décide d'opposer l'un à l'autre et me précipite.

T'as visionné sufisamment de vouesternes, ces conneries turpides, pour savoir que la castagne a cela de commun avec l'incendie ou la rougeole, c'est la rapidité de sa propagation. Deux gonzmans se chicornent à outrance dans la taule, renversant ce qui est renversable, brisant ce qui est cassable, malmenant le saint nom du Seigneur. Et d'autres, pris par la frénésie, commencent à se tabasser la gueule sous prétexte de les séparer. Des giclées de sang et des volées de dents partent ici et là. Le bruit sourd des poings constitue un sauvage roulement de tam-tam. Juchée sur le comptoir, Berthe Bérurier exalte les combattants. Sa jupe arrachée ne tient plus à sa taille que par une agrafe. Elle est affublée d'un élégant porte-jarretelles de couleur orange, avec des fleurettes bleues brodées, d'un slip couleur pervenche langoureuse, de bas noirs et de bleus verdissants.

Ses splendides cheveux décoiffés composent autour de sa citrouille des mèches récamières.

Elle brame, à l'intention d'un type qui disparaît sous des coups de poing :

— Vas-y, tue-le ! Arrache-lui les couilles à ce fumier.

Mais l'interpellé « n'y va pas », n'émascule pas, et c'est le fumier qui a le dessus.

Sur ces entrefaits, des gardiens de la paix radinent du commissariat au trot attelé. S'époumonent à siffler pour signifier leur présence et shootent à brodequins redoublés dans le tas jusqu'à ce que la bagarre cesse.

Soucieux d'assumer mes fonctions, j'engage mes pandores à embarquer les antagonistes à la maison Pébroque pour vérification d'identités.

Tandis qu'ils obtempèrent (ce qui est la meilleure manière pour un gardien de la paix, d'obéir à un supérieur), je tends la main à Berthe afin de l'aider à se déjucher.

Elle est tout essoufflée, la pauvrette.

Le patron du lieu, une sorte d'espèce de vieux

bourlingueur à l'amarre, blanchi par les vents du large, le visage pareil à une pipe en terre (dite aussi pie-panthère) va conforter sa bourgeoise dans la cave où elle s'est réfugiée à l'aube du combat.

— Chère amie, dis-je à la Bérurière, que s'est-il donc passé ?

Elle s'aère les éponges, la chère âme, avant de proférer. Toute explication nécessite de l'oxygène ; consciente de ce que les siennes vont être longues, elle fait largement ses emplettes, la Baleine.

— Unignominie ! lance-t-elle en guise de préalable.

Et de m'expliquer la chose.

Elle réapprovisionnait une tablée de marins-pêcheurs en calva. Bon, très bien. « Vous me suivez, commissaire ? Le chef marin, un dénommé Katkarre, patron du chalutier *La Môme Crevette,* par pure courtoisie, en parfait gentelmant qui sait les usages, m'a passé la main sous la jupe tandis que je servais. Et ne voilage-t-il pas, qu'à la table voisine, une espèce de goujat dit au commandant de *La Môme Crevette :*

« Eh ! l'ami, lu déballe pas la bourriche ; tu trouves que ça pue pas suffisamment la marée dans le secteur ? »

« Textuel, mon cher. Du coup, le commandant Katkarre y rétroque :

« Tâche moilien de pas z'êt' goujat av'c le beau sexe ! »

« A quoi l'horrible type a riposté :

« Ah, parce que tu appelles ça du beau sexe, l'ami ? Ben on voye que tu décarres pas de Terre-Neuve, tézigue ».

« Textuel, mon cher Santantonio. Vous devez bien comprendre qu'un officier de marine pêcheuse, apostrophé ainsi devant ses hommes, pouvait pas laisser passer. Ce sont des seigneurs, les gens d'la mer. Tout d'suite je m'étais rendu compte, rien qu'à sa façon aristocratique de me glisser négligemment trois doigts dans la moniche. Ce sont des riens qu'une jeune femme apprécie à sa juste valeur. Mon officier me retire sa main d'entre, se lève et se penche sur la table du zèbre dont je vous relate.

« Tu commences à m'échauffer les oreilles, il lu fait.

« Eh ben pour une fois t'auras pêché la morue sans avoir b'soin d'un passe-montagne ! ricane l'affreux individu.

« Textuel, je vous le certifie. Le commandant pêcheur file un coup de poing au zigoto. Celui-ci l'esquive, fait basculer sa table, et donne de la boule dans la poire à mon cavalier sergent. Alors la bagarre a commencé. Et voyez si le sort est injuste : c'est ce pauv' commandant si gentelmant qu'en a pris plein sa gueule.

— Les causes les plus justes sont celles qui ont le plus de mal à s'imposer, dis-je. Je crains, chère Berthe, que votre sex-appeal ne jette l'émoi parmi cette paisible population. N'oubliez point trop que vous êtes l'épouse d'un officier de police, que cela se sait déjà et que la réputation de votre mari est tributaire de la vôtre.

Après ce beau langage, froidement déclamé, je file au commissariat.

Béru est de retour, la braguette encore ouverte de notre visite chez la clavecineuse. Il est en train de se passer le dos de la main droite sous le robico d'eau froide, étant donné quelques ecchymoses aux phalanges.

Dans un recoin, l'adversaire du patron pêcheur est affalé, avec la mâchoire comme un tiroir de commode après un cambriolage. Il raisine du pif que sa vareuse en est toute plastronnée.

— Il a été récalcitrant ? m'informé-je.

— C'est des mecs qu'a besoin d'êt' calmés, vu qu'y s'croivent tout permis, assure Béru en s'essuyant la main à l'aide du pan avant de sa limace. M'sieur a voulu l'prendr' d'haut, comme quoi c'est pas lui qu'avait attaqué.

Alexandre-Benoît le remue du bout du pied, comme on retourne un chat écrasé pour s'assurer qu'il est bien mort.

— Maint'nant, y l'prend d'un peu plus bas, pas vrai, Tango ?

— Tu l'connais ? m'étonné-je, encore qu'avec Bérurier il ne faille s'étonner de rien.

— Tu parles : c'est Tanguy Liauradéshome, dit Tango-la-Nitro, un vieux bourrin d'retour. J'l'ai sauté y'a quéques années dans l'affaire du Courrier de Lyon.

L'autre se redresse en geignant.

— Je croyais que les matuches ne massacraient plus ? balbutie-t-il en produisant des bulles rouges avec son nez.

— A Paris, répond Bérurier, rien qu'à Paris, mon vieux Tango, en province on n'est pas astringué à toutes ces brimades à la con.

Je désigne un siège au forcené.

— Que fiches-tu dans ce bled, Gars ?

Il plonge la paluche dans sa vareuse et me présente une carte d'identité aussi fringante qu'une feuille de papier sur un étron.

— Jetez un œil là-dessus, soupire-t-il de profil, car sa lèvre enfle pis que la grenouille qui voulait se rendre à Elbœuf.

Le document révèle que Tanguy Liauradéshome est natif de Ploumanac'h Vermoh.

— Ne me dis pas que tu as pris ta retraite, ricané-je,

à quarante-deux ans, ce serait prématuré. A moins que tu ne sois venu saluer tes vieux parents ?

Le gars Tango, que je t'explique, c'est un type plutôt sympa, malgré que Béru l'ait déguisé en hécatombe. Pas très grand, mais râblé. La tignasse courte et drue, dans les blonds cendrés, le regard clair et coquin, la peau rouge, vachement grêlée. C'est le casseur de bal musette. Le dégourdoche de sous-préfecture qui t'ajuste une cacahuète aussi facilement qu'il te dit bonjour. Un gus pas patient ni tolérant qui mérite un détour, mais pas dans le sens où l'entendent les guides.

— Je me suis reconverti dans la pêche, déclare-t-il.

— Le passé qui te remonte à la surface ?

— J'ai tiré six marcotins, l'an dernier, pour une broutille et, du temps que je rempaillais des chaises, je faisais que penser aux vagues et au vent du large.

— Alors tu es venu t'engager à bord d'un chalutier ?

— Exact.

— Lequel ?

— Je cherche.

— Ah bon : tu cherches. Eh bien, j'espère que tu trouveras, j'aimerais assister à ça ; un maquereau qui va à la pêche.

Il a soudain le regard comme deux cailloux.

— Hé, dites, confondez pas ! Le pain de fesse, ça n'a jamais été ma longueur d'onde.

— Lui, c'est plutôt l'explosif, m'explique Béru, il craque les coffiots à la nitro. Ce mec, la dynamite lui sert de clé !

— Tu dois vachement rameuter le voisinage quand tu rentres tard chez toi, plaisanté-je.

Dans la pièce voisine, le patron de *La Môme Crevette* répare sa frite à l'aide d'un paquet de kleenex obligeamment mis à sa disposition par Le Guennec.

Je vais le trouver.

— Hé, la marine ! l'hélé-je, vous portez plainte contre le gugus qui vous a assaisonné ?

Il sourcille, et a du mérite à le faire avec deux arcades plus dévastées que du matériel de Faculté.

— Comment ça, porter plainte ?

— Ben, le gars Tanguy vous a quelque peu fait perdre votre fraîcheur de jeune fille, non ?

Le Terre à terre Neuva renifle quelques caillots, les expectore après de solides raclements de gosier et assure :

— C'est pas mon genre, la chicanerie judiciaire. Je le retrouverai avant longtemps, et alors je prendrai ma revanche. Il m'a eu à la surprise, comprenez-vous ? La prochaine fois, je saurai ce qu'il faut faire.

— Mes vœux vous accompagnent, monsieur Katkarre.

Le chalutieur s'en va.

Je reviens à Tango.

— Tu sais, gars, que si tu déguises les patrons pêcheurs en steaks tartares, t'es pas près d'embarquer et les harengs du nord peuvent roupiller sur leurs deux ouïes. Bon, file et évite la castagne, tu ne vas pas démolir tes compatriotes au moment où tu rentres au bercail.

Tango rigole.

— Ne vous inquiétez pas, commissaire, je vais apprendre à jouer aux dominos.

Et il disparaît à son tour.

Alors, bon, voilà, à présent tout va se déclencher. T'as cru que j'allais te fignoler une gentille chroniquette en forme de galette bretonne, n'est-ce pas ? Tu t'es dit : l'Antonio se met à complaire dans la broderie. Il chute dans le point de croix, l'apôtre. Tu vas voir,

Edouard, c'est plutôt du poing de croix qui se prépare. De la grande mésaventure sur fond de granit. Mais au paravent, fallait planter le décor. T'expliquer la nouvelle situation, tout bien : nos installations à Ploumanac'h Vermoh, armes et bagages... Les gens d'ici. Le Vieux muté sous-préfet, Pinuche dans la bandouillette danoise, porte à porte : godemiches à injection directe, vibro-branleur longue durée, revue sur vergé vaginé supérieur, trichromie, laparotomie, salpingite incorporée, trique éjectable. Et un malfrat natif d'ici qui démandibule les morucides. Et ce patelin sous la pluie. Le port qui pue le goudron et la sardine. L'officier de police Le Guennec que ça le fait chier ces mecs parachutés de Pantruche. La taule à Maman Passepoil et ses trois jouvencelles languissantes, pipeuses de fortune, et surtout d'infortune. Le Café de la Marine avec Berthe, la moulasse offerte aux mains haleuses de filins. J'en oublie ? Si oui, tant pis : tu le garderas pour toi.

CHAP QUATRIÈME

Un homme à la mer

Ça vient sûrement de M'man.

Où que nous allions, en deux coups de cul hier à Pau, ça devient « chez nous ». Avec la même ambiance, les mêmes odeurs, la même qualité de silence qu'à Saint-Cloud. La maison de Ploumanac'h Vermoh n'est pas marrante dans sa grisaille, malgré les hortensias qui la pullulent, eh bien, quand tu pénètres à l'intérieur, c'est comme de rentrer dans un lit familier, où tu récupères le moelleux des habitudes, ses senteurs subtiles.

Il suffit de si pas grand-chose pour s'y retrouver, que tout continue. L'encaustique de Félicie (elle le fabrique elle-même avec de la cire vierge et j'sais plus quoi), la photo de papa dans son cadre d'ébène. Elle a été prise voici longtemps. Il avait alors l'âge qui est le mien, on devrait se ressembler, mais non. Parfois je me plante devant la photo pour y chercher mon hérédité. Rien ne se produit. Papa, il est d'ailleurs, c'est devenu une espèce d'improbabilité. Il a existé pour ma mère, très peu pour moi. Je le sens davantage dans les évocations de ma Félicie. Au fil des souvenirs de M'man, il pêche le brochet, mon père. Il pose du papier sur des murs. Il met une attelle à la patte fracturée de son chien. Il chante une chanson d'avant-guerre. Il a des cousins. Il fait des recommandations à mon sujet, comme s'il savait que la mort le surveille de près et qu'il ne verra jamais l'Antonio au volant d'une voiture sport.

Malgré tout, sa photo, si elle ne le ressuscite pas dans ma mémoire, a le mérite inestimable de créer à la maison quelque chose qui ne peut exister ailleurs. Je la contemple en grignotant mes toasts grillés qui sentent bon le pain brûlé. Le beurre breton demi-sel (pour un flic c'est tout indiqué) est bien meilleur que celui qu'on achète à Paris. Il a conservé un goût de vache et d'herbage.

Le petit Antoine construit un édifice branlant sur le plancher, avec ses cubes. Il attend l'instant où tout s'écroulera. La joie !

J'entends parler Félicie au bout du couloir. Elle annonce que oui-je-suis-ici, et puis Marie-Marie surgit, adorable dans un manteau vert sombre. Elle porte au cou un très long cache-nez jaune qui tombe presque à terre devant et derrière ; sur ses cheveux un bonnet tricoté avec la même laine. Elle tient sous son bras trois livres scolaires réunis par un énorme élastique.

Elle vient à moi et m'embrasse. Elle sent le frais, l'eau de cologne, la jeune fille dans le matin clair...

— Dis donc, l'artiste, pour toi c'est la vie de château, glousse cette pie-borgne. Tu sais qu'il est presque neuf heures ?

— Pour aller signer quatre papelards, c'est pas la peine de se bousculer, objecté-je.

Elle rafle mon restant de tartine et le clappe.

— Je sens que tu vas choper du burlingue, ici, assure-t-elle, la bouche pleine. C'serait dommage.

Ses yeux malicieux sont pleins d'admiration. Je caresse sa joue du plat de la main. Elle est vibrante, Marie-Marie, comme une cage pleine d'oiseaux.

— Et alors tu ne m'aimeras plus quand j'aurai pris du bide ?

Elle hausse les épaules :

— Pauv' con ! Toi, pour que je ne t'aime plus, il faudrait que je ne vive plus. Et même... Suppose qu'il y ait une survie ? Tu penses bien que ce ne sont pas des archanges à gueules de pédés qui me distrairaient de toi !

Elle vide ma tasse de caoua sans vergogne.

— Ça boume, les études bretonnantes ? j'interroge.

Elle hoche sa jolie tête de mésange polissonne.

— Tu sais : d'est en ouest et du nord au sud, Montaigne reste Montaigne et l'Histoire de la Grande Bretagne ce qu'elle a été.

— Tu es gentille de me rendre visite.

— C'est tonton qui m'envoie.

— Alors tu es moins gentille de n'être pas venue de ton plein gré.

Elle me sourit un peu triste, puis m'empare la main. Comme la plupart des filles, elle a les mains froides ; ces mains si réchauffantes pourtant, qui volètent autour de nos personnes masculines pour s'y poser parfois, et parfois s'y percher. Volètent les mains froides des chères chéries guérisseuses et empâmantes. Mains froides qui nous marquent au fer rouge le cœur et la chair.

— Tu sais bien que si tu m'écoutais j'habiterais ici, Antoine, fait-elle gravement.

Je mets une paluche par-dessus la sienne et cela fait épais comme une grosse lourde compresse de viande sur ma viande, soudain.

— Tu envoies le bouchon un peu loin, ma poule.

— Merde, avec ta poule ! Ça te passera donc jamais, cette sotte marotte ? Ma poule ! A quoi ça ressemble ? Je ne serai jamais ta poule, Dieu merci. Et moule-moi avec ton bouchon. J'ai plus de dix-sept ans, Antoine. Je suis en âge d'être épousée, même par un chnock comme le commissaire San-Duconneau.

Je la regarde au fond de la France. Elle ne cille pas.

— Tu finiras bien par me traîner dans une mairie un jour, dis-je, une telle obstination doit fatalement porter ses fruits. Mais finis d'abord tes études, Marie-Marie. J'ai pas envie d'épouser une frangine qui me quitterait pour aller suivre des cours dans une fac pleine de godelureaux. Quand tu m'auras mis le grappin dessus, c'est toi qui seras ma prisonnière, sache-le.

Elle se lève pour m'embrasser. Ses lèvres ont le goût de mon café.

— Tu sais, l'Antoine, chuchote-t-elle, bien sûr, nous avons une certaine différence d'âge...

— Tu veux dire une différence certaine !

— Écrase, avec tes calembours d'épicier. Ce dont je suis convaincue, l'artiste, c'est que, de nous deux, c'est moi qui sais ce qu'est un grand amour, malgré cette certaine différence d'âge. Je le sais parce que je t'aime depuis que je suis au monde et que je t'aimerai jusqu'à la fin du monde. Tandis que toi, t'es con et fringant comme un coq. Tu regardes pas le temps passer. Tu te suis comme ton ombre, parce que ton ombre c'est toi et que le gugus que je viens d'embrasser n'est que l'ombre de cette ombre. Quand je serai ta femme, y'aura plus d'ombre. Je m'arrangerai pour qu'on soit heureux. La vie, c'est une cloche sans corde. Je serai ta corde, vieille cloche, et je te ferai sonner à toute volée.

— C'est ça, môme : tu seras ma corde et moi ton tocsin.

Elle coule son œil sagace sur sa montre.

— Zut, je vais être à la bourre, à un de ces quatre, l'artiste. On devrait profiter de notre exil pour se voir davantage, non ? Pourquoi t'organises pas un pot-aufeu grand siècle, avec ta maman ? Je suis persuadée qu'elle voudra bien, et ça fera tellement plaisir à mes deux ogres. Nous deux on se regarderait. Ensuite tu mettrais un disque et on danserait. Ou bien, non, on irait prendre l'air au bord de la grève pendant que tantine et tonton digèreraient. Je parie que t'es pas encore allé admirer l'océan au clair de lune, hein, avoue ?

J'avoue.

Et puis elle file après avoir câliné le petit Toinet au passage et embrassé Félicie dans la cuisine. J'ouvre la fenêtre pour la héler.

— Eh, moustique ! Tu ne m'as pas dit pourquoi ton oncle t'a demandé de passer me voir ?

— Mince, c'est vrai. Il faut que t'ailles illico au port, on vient d'y repêcher un noyé.

***

Les poissons parlent peu. Ceux qui les pêchent non plus. Il a raison, le Coustaud des épinoches : la mer, c'est le monde du silence.

Faut les voir, tous, vêtus de bleu — un bleu tellement marin qu'il tire sur le noir — autour du cadavre allongé entre deux bittes de toute beauté. Pas une broque. Ils ne produisent du bruit avec leurs bouches que pour téter leur brûle-gueule. Et ça fait un truc désagréable, vaguement glaireux.

L'officier de police Le Guennec est là, flanqué du Gros. Les deux hommes discutent à voix basse. Je m'approche de leurs dos éloquents comme des panneaux électoraux et un poil plus rectangulaires.

J'entends Bérurier assurer :

— Le 11, le 8, le 4, c'est dans l'marb'. Si tu joueras aut'chose, mon pote, c'est comme tu ferais un p'tit barlu avec tes fafs et que tu le mettes à flotter à la marée descendante.

— Sur quel pronostic vous basez-vous ? objecte Le Guennec qui dubitate.

Alexandre Benoît ne cèle pas ses sources d'information :

— T'es né tu me dis, en 38, or, 3 plus 8 font t'onze. Et c'tait le 8 avril, quatrième mois de l'année. D'où je conclus : 11, 8, 4, et si tu piges pas ça, malgré qu'tu soyes breton, c'est qu't'as le crâne plus dur que la bitte qu'voici.

Le ton de Le Guennec renfrogne.

— Vous le faites, le tiercé, vous, Bérurier ?

— En général jamais, vu que j'déteste les jeux d'hasard. Mais pour une fois, j'y vais de ma thune, Mec.

— Et vous allez jouer 11, 8, 4 ?

Alexandre-Benoît pousse un soupir qui gonfle les voiles du port.

— Il est bouché à la reine, ce mahau de merde ! Pisque je t'esplique qu'on doit jouer sa date de naissance, hé, peau de zob !

— Mais la vôtre n'a rien de commun avec la mienne ! proteste le Guennec. Donc, si nous jouons chacun la nôtre, l'un de nous deux est certain de perdre !

Un vague instant déconcerté, le Mastar s'en tire par la bande :

— Y'a vraiment pas moilien d'discuter av'c toi, Breton. T'as du varèche à la place du cerveau.

M'apercevant opportunément, il se me précipite.

— Ah ! v'là tout de même m'sieur le commissaire de mes chères deux, c'est pas trop tôt, je m'disais que ce gonzier s'rait sec avant qu'tu t'pointes !

Oubliant le tiercé, il fend la foule silencieuse des pêcheurs :

— Siouplaît ! Laissons passer m'sieur l'commissaire !

Les hommes s'écartent comme le flot devant l'étrave d'un barlu. Je me penche sur le noyé : il s'agit du commandant de *La Môme Crevette,* le dénommé Jean-Yves Katkarre. Sa tronche porte encore les traces de la décoction que lui a administrée le gars Tango, la veille. Le Guennec m'explique qu'on a retrouvé son cadavre entre deux chalutiers, ce matin. Sa plate qui lui permettait de rallier son barlu amarré à un corps mort, loin du quai, flottait à l'aventure. Les pêcheurs interrogés pense qu'il sera tombé au jus. Comme presque tous les marins, Katkarre ne savait pas nager. Comme, à partir de huit plombes du mat' il en est à son douzième calva, le froid de la baille l'aura saisi et il sera clamsé d'hydrocution.

— Transportez-le à l'hôpital, enjoins-je à mes subordonnés de coordination, et faites pratiquer l'autopsie. Ensuite mettez-vous en quête de Tango et amenez-le moi au commissariat, j'aimerais connaître son emploi du temps pour les premières heures de cette matinée.

Ayant enjoint de la sorte, je m'enquiers du domicile de Katkarre pour aller informer sa veuve qu'elle est veuve et lui demander des éclaircissements sur la façon dont son hydrocuté a démarré cette fâcheuse journée.

*
* *

Une maison typique, pour illustration de calendrier, très basse, très blanche, avec un toit d'ardoise et je ne sais quoi de livide tout autour.

Une vieillarde, sommée de la bigouden traditionnelle, aveugle, sourde, muette, paralysée et autre, est installée sur le pas de la porte dans un vieux fauteuil à roulettes. Elle a les yeux plus totalement blancs que le tuyau amidonné de sa pittoresque coiffure. Sa bouche ouverte laisse admirer le plus formidable chicot qui orna jamais une mâchoire nonagénaire. Un truc que t'aimerais porter en sautoir au bout d'un lacet de cuir et que tu réputerais dent de cachalot, de narval ou de babiroussa. On l'a tournée face à la mer qu'elle ne peut plus voir danser le long des golfes clairs, mais qu'un sixième sens, peut-être pas totalement atrophié, lui permet de déceler du fond de ses obturances.

Par-dessus le tableautin, fous des mouettes criardes qui volplanent inlassablement en s'houspillant, et tu obtiendras un bout de décor saisissant dont on ne doute pas que, la nuit venue, il se peuple de korrigans.

La porte étant ouverte, je pénètre dans la maison sans avoir à la pousser, comme le disait si justement l'académicien Maurice Schumann dans son opuscule.

Le logis est plein d'ombre et l'on sent quelque chose qui rayonne à travers ce crépuscule obscur, disait mon aimable devancier Victor Hugo, ce de Gaulle de la littérature (lis tes râtures). Des filets de pêcheur sont accrochés au mur.

Une belle douce, tendre, nostalgique, blonde, pâle, jeune femme vêtue d'une robe imprimée. Elle, tu sais quoi ? Ravaude des filets. Pas des filets de hareng : des filets de pêche. Il y en a six-cents mètres entassés sur sa gauche, quatre-cents à sa droite, cinquante mètres sur ses genoux. Et elle te répare ça, la jolie, la tendresse, avec application, ses doigts agiles reprennent les mailles (découvertes par Bernard Palissy sous Catherine de Médicis) défoncées par d'horribles poissons-scies qui ne sont même pas comestibles, ces cons. Là où il y avait trou, il y a brusquement filet après quelques virevoltages légers. Un spectacle de toute gracieuseté.

Elle tourne la tête dans ma direction, me sourit.

— Êtes-vous Mme Jean-Yves Katkarre ? m'informé-je.

Elle acquiesce sans s'arrêter de travailler.

— Je suis le commissaire de police, dis-je, et je viens vous annoncer une bien triste nouvelle.

Tu crois qu'elle m'aiderait ? Fume ! La v'là qui poursuit son ouvrage, sans broncher.

— Madame Katkarre, j'ai le regret de vous dire que votre époux a eu un accident, ce matin, dans le port...

Elle continue de filocher, vite, vite, de ses mignons doigts en fuseau.

Oh ! dis, elle me les casse, Ninette.

— Il s'est noyé, fais-je, le plus catégoriquement possible. Il est mort !

Au cours de mon aimable carrière, j'ai eu moultes fois la pénible occasion d'annoncer des nouvelles de ce genre, hélas. En principe, la réaction est instantanée : larmes, cris, gérémissements, crise de nerfs.

Chez les Katkarre rien de semblable. La jeune femme belle et blonde, et jeune et douce, et tendre et nostalgique, et bretonne de surcroît et de noroît (ou norois, au choix) se dresse, laissant couler le filet de ses genoux. Elle quitte la pièce pour passer dans une autre. Sa chambre. Je la suis, meurtri d'appréhension. La vois ouvrir un grand bahut tellement breton que tu trouves les mêmes aux Galeries Barbès qu'ont le buffet campagnard gratuit. Elle en sort une robe noire plus austère qu'un pater, la pose sur le lit et, sans une parole, se met en devoir de dégrafer celle qu'elle porte. Aucune trace d'émotion. Pas un cri, pas un chprountz, rien. La passivité, la totale soumission, tête courbée, âme courbée, mutisme. Simplement, elle me paraît un peu plus pâlotte.

Je m'avance :

— Croyez que je suis navré, madame Katkarre. Ce deuil brutal qui... que...

Toujours ces vieilles formules passe-partouze. Le chagrin, comme l'amour, la banque, la vérole, a son vocabulaire, sa phraséologie.

Elle laisse glisser sa robe. Dessous, ses seins sont nus. Elle ne porte qu'un petit slip bleu marine, frangé de dentelle blanche en pétrole bricolé. Son corps, madoué, t'en reprendrais deux fois après le fromage, je te jure. Il est comme j'aime. Elle a des seins en forme de poires ; mais *achtung,* hein ? Je te cause pas de la poire William qui est trop typiquement poire, plutôt de la beurrée Hardy de volume plus franc. Ah, la vacca ! Il fait bon être veuve avec des loloches pareils.

Moi, tu me connais ?

On m'a surnommé l'Imprévisible.

Logiquement, je répète : lo-gi-que-ment, je devrais quitter la pièce, ou pour le moins me détourner devant ces deux seins splendides. Et puis une veuve de deux heures, hein ? Décence, décence ! Faut un minimum de savoir-vivre dans la vie pour être toléré.

Au lieu de, je marche à elle.

— Madame Katkarre...

Mon bredouillage n'a aucune importance. Il ponctue seulement une émotion propageuse. J'aurais dit : « les Peugeot-Citroën viennent de baisser d'un point », ça serait revenu au même.

Elle continue de ne pas parler. Elle veut enfiler sa robe noire. Mais y'a la fermeture-Éclair qui est coincée fatalement. Alors elle retourne dans la pièce commune pour y prendre des ciseaux. Je la suis. La suivrais au bout du monde, au bout du môle, même s'il le fallait.

Elle est là, plantée au milieu du monceau de filets, avec uniquement son petit slip. La môme s'acharne sur la foutue tirette de la fermeture qui refuse de l'enveuver.

— Il y a longtemps que vous possédez cette robe ?

— Depuis mon mariage, répond-elle doucement. Nous autres, femmes de marins, nous savons bien que la tempête nous prendra nos hommes un jour ; alors nous nous tenons prêtes.

Je pose ma main frémissante sur son épaule nue.

— Chère petite âme, si frêle, il débloque, l'Antonio, qu'allez-vous faire, à présent ?

— Je vais coller la vieille à l'hospice de Quimper et prendre un peu de bon temps, me répond-elle du tac au chose.

Ça c'est parlé, non ?

— Du bon temps, tu peux en prendre illico, ma gosse, assuré-je en la pivotant d'un geste sûr.

Ma bouche, comme on dit puis dans les polars moins bien entretenus, écrase la sienne.

Mouafff !

J'ai pas le temps de préparer mon second souffle qu'elle me tire déjà une aubergine de vingt centimètres dans le clappe. Boudiou ! ça surprend. En v'là une qu'est en manque de carburant solide, et depuis lulure, espère ! Elle en a classe du signor médius. Qu'à force, le pauvret, tu le croirais perclu de rhumatismes déformant. Il reste plié, façon pagode. Moi, pressé de part en part, je la culbute sur son tas de filoches. Son slip bleu ne fait pas un pli dans ma dextre experte. J'ai connu un coquetier, jadis, à la camberousse, qui dépiautait des lapins. Tu l'aurais vu, la façon qu'il les dessapait, les jeannots : un coup de ya aux jarrets et tout venait, comme quand tu ôtes la combinaison de nuit d'un bambin. Avec un bruit gluant. Venait en répandant une chaude odeur de chair délivrée. Joli lapinuche rose moiré, avec des jaspages bleutés, des zébrures blêmes. Un peu de sang à fleur de sous-peau. Bioutifoule nature morte. Rembrandt ! C'était pas dégueulasse le moins. Presque beau. Et sa rapidité, donc, au coquetier. Son petit coup sec sur le diapason. Vroult ! Descendez. Ils étaient accrochés par les patounes à une série de gros clous plantés sous son hangar, les lapins. Cinq, six, comme les potes à Villon au gibet de Montfaucon. Et le coquetier, avec son vilain couteau pointu, si affûté, si usé d'à force. Les couteaux perfides, ce sont les petits, que la lame est triangulaire, inquiétante. La manière qu'ils sectionnent la bidoche, trouvent leur affreux chemin à travers les filaments, font du slalom entre les nerfs, contournent presto les os. Un rêve ! Un beurre ! Du velours ! Moi, en matière de slip, j'ai beaucoup acquis au fil du temps. On pourrait matcher, le coquetier et ma pomme. Lui déculotterait des lapins, moi des gonzesses. Cinq, six, nous voyez ci, accrochés. Quoi de plus beau, des frangines ou des lapins ? On peut pas se prononcer ; c'est affaire d'interprétation. Rembrandt ou Casanova. Cul de femme ou cul de lapin. L'un se bouffe, l'autre se mange.

Où va la plus grande faim ?

Toujours est-il qu'elle en voulait, la terre-neuvaine. En réclamait bien fort. Elle s'en détamponnait qu'il ait péri noyé, son mec navigant. Lui fallait du paf d'extrême vitesse, illico tout de suite. Et du chouette, pas évasif, de la bébête musclée, hardie, qui n'avait pas besoin qu'on lui raconte des histoires pour la décider, lui promette monts de Vénus et vermeil. C'était la vive plongée en catastrophe. Le zob réanimateur. De secours, quoi ! Hardi, hardi ! A l'abordage. Elle voulait se faire investir par tous les sabords à la fois. Occluser de partout, quoi ! Voire même occulter. Qu'on la rende étanche une bonne fois, bordel !

On s'est jetés l'un contre l'autre, l'un dans l'une, tout ça, parmi les filets qui fouettaient salement la marée en retard. Dedieu, ce fouillassement sauvage ! Empêtreur ! Je chopais des écailles séchées dans les falots. Je m'enfonçais le pif à travers des mailles. Les boutons de mon costar s'accrochaient à cette masse élastique. On a roulé dans les frénésies. On s'est entortillés comme des dingues, qu'à la longue on ressemblait à ces salamis ritals emprisonnés dans des filochons. On a pris des panards océaniques, espèces de poissecailles préhistoriques revenus s'accoupler dans des fosses abyssales. On a joui à la Neptune. O, flots, que vous avez de pénibles histoires ! Flots terribles, redoutés des mères à genoux ! Merde ! Plus moyen de s'en extraire de la gonzesse. Qu'au plus on débat, au plus on est ligoté, pris dans les mailles, enchetibés de first ! Mais cesse de remuer commak, salope ! Arrête que je dis, bougue de conne ! Tu vois pas qu'à démener ainsi on s'emmaillote à étouffer ?

Ayant pris son foot, elle exige sa liberté, la veuvette. Se met à crier sinistrement, en corne de brume. Son naturel marin qui reprend. Elle fait des Vouahahououou lamentables, de steamer en perdition. Virgule ses S.O.S. tout azimut.

Et alors ça se gâte pour ma réputation. Car un groupe vient de se pointer : le curé, le maire, le lieutenant de gendarmerie en tenue de condoléances.

Ils radinent pour gratuler la veuve, lui dire combien il était super-vaillant, son bonhomme. Héros de l'océan perfide. Triton vaincu par le flot qu'il défiait. Et tout, bravo, merci, remettez-nous ça, la patronne.

Leurs bouillasses en nous apercevant entortillés dans la filasse ! La dame nue, moi coincé entre ses montants comme un aliboron entre les bras de sa carriole. Ils nous aident à nous extraire, si je puis ainsi parler. Le pasteur récite un truc malconnu, souverain contre le démon. Le diable entend ses litanies, recta il fait pivoter ses cornes en guidon de course et détale. C'est le yeut'nant qui nous débobine. Le maire prononce mon éloge funèbre en lui donnant un coup de main. Comme quoi, au lieu de faire respecter la loi, je la déshonore. Que je suis venu dans ce pays pour y apporter le scandale. Et qu'il va aller trouver le sous-préfet, lui exiger mon départ immédiat, ma révocation, et de la prison, en plus, juste pour dire.

Moi, hébété, pas faraud, je remballe Coquette. Que dire, qu'objecter ? Plaider quoi ?

Naturellement, la garce ravaudeuse, la garce ravageuse, annonce que je l'ai violée. Que je lui ai sauté dedans à queue jointe, sans lui demander sa permission.

Affaire à suivre ! Elle veut pas porter plainte à cause de son grand terrible malheur. Pas le moment d'entacher la mémoire du disparu avec une histoire de viol avec effraction. Non, non, elle remet son chagrin et sa honte entre les mains de Dieu. Bénissez-moi, monsieur le curé, absolvez-moi tout bien, qu'il en reste plus. Le bidet rédempteur, elle demande. L'éponge à cul de l'âme. Le prêtre, un cher vieux bonhomme qui te croit en Dieu comme deux et deux font quatre, accepte de signe-de-croiser à vide, dans l'air corrompu. Un petit coup général, englobeur, un autre plus discret vers la chatte, un troisième à hauteur des nichemars. Le maire ponctue aussi, pour dire. Il est tout ébouriffé de voir cette splendide dame à poil et sans mari dorénavant.

Bon, il se dit qu'il n'a que 64 ans après tout, qu'il bande moins dur que sous Guy Mollet, mais qu'il a de beaux restes, d'autant que sa mémé n'est désormais bonne qu'à la soupe.

Et il tapote les épaules nues de l'impétrante (elle a son certif accroché au mur) empétrée en lui disant qu'il viendra la voir pour causer de sa pension. La conseiller à propos du bateau *La Môme Crevette* qu'il va falloir vendre. Il a des ailes de géant, m'sieur le maire, qui, si elles l'empêchent d'albatrer, ne l'empêchent pas de déconner.

Je pars sous l'opprobre général. Régalé mais furax.

***

Le Vieux écoute mes salades en pouffant. Il exulte de savoir que je me suis fait piquer en flagrant délit de viol par le maire, le curé et le yeut'nant de gendarmerie.

— Faut-il que je fasse mes valises immédiatement, patron ? je questionne.

Sa respiration produit un bruit de poumon artificiel dans l'écouteur.

— Vous plaisantez, mon petit ! S'il n'y a plus moyen de rigoler !

Quoi, est-ce lui, le Dabe ? Le Vénérable qui use d'un terme aussi voyou ? Rigoler !

— Elle est belle au moins, cette jeune veuve ?

— Une merveille, Boss.

— Le cul ?

— Dur comme mes deux poings

— La chatte ?

— Pulpeuse.

— Les seins ?

— En poire.

— La toison ?

— D'or.

— Elle est vraiment blonde, San-Antonio ? gazouille l'alléché.

— Comme une quenouille de lin.

— Pratique-t-elle des fellations convenables ?

— Je n'ai pas eu l'occasion de le vérifier. Mais je pense que nous nous trouvons en présence d'une surdouée.

— Parfait, j'irai lui présenter mes condoléances, à la nuit tombée. Je suis sûr qu'une boîte de chocolat lui fera oublier son veuvage. Occupez-vous de l'enquête, San-Antonio.

— J'attends le rapport du médecin, Patron. Mais vous savez que le maire est décidé à réclamer ma tête.

— Qu'il prenne seulement garde à la sienne, tranche mon sous-préfet en raccrochant sec selon sa vieille habitude.

Bon, me voilà un peu soulagé. Requinqué. Un homme se pardonne rapidement ses saloperies lorsqu'elles demeurent impunies.

Là-dessus, Le Guennec pénètre dans mon bureau, tout émoustillé. Il me regarde d'un air d'en avoir un, de ses grands yeux bretons passés à l'eau de Javel.

— Une importante nouvelle, monsieur le commissaire.

— Elle sera la bienvenue, assuré-je.

— Le médecin-chef de l'hôpital (1) vient de pratiquer l'autopsie. Katkarre est bien mort par noyade. Son corps ne comporte aucune autre plaie que celles qui lui ont été infligées hier au cours de cette bagarre.

— Où est la grande nouvelle, Le Guennec, mon chérubin rose ?

(1) L'hôpital de Ploumanac'h Vermoh possède l'électricité, l'eau chaude, un bloc opératoire, mais ne comporte qu'un seul docteur que l'on a promu médecin-chef.

— L'eau contenue par ses poumons n'est pas de l'eau de mer, mais de l'eau douce.

Au-dehors, y'a un vieux joueur de vielle qui la ramène en breton pur fruit. Il mouline sa vielle tandis que sa vieille fait la quête. Je m'approche de la fenêtre pour admirer ce spectacle folklorique. Le bonhomme en vêtement noir et chapeau rond, la vieillasse avec ses jupailles froufroutantes et sa coiffe en forme de cou de cygne, à se demander l'idée qu'elles ont eue, ces braves dames, de se foutre une coiffure pareille sur la tronche dans ce pays de vent !

— Qui est-ce ? je demande à Le Guennec.

— Le barde Delar'r, monsieur le commissaire. Il chante la mort de Katkarre, c'est la coutume du pays.

Il attend mes réactions. Comme je ne peux pas le sonder, je le laisse sur ses espérances.

— Ils sont marrants, ces deux personnages, je fais, comme si le cas du commandant de *la Môme Crevette* m'intéressait autant qu'un discours de Jules Canuet. Et que chante-t-il ?

Le Guennec me fournit une traduction hâtive :

— Qu'il naviguait sur le grand océan, dans les brumes du nord, que la vie lui tendait les bras, mais que la mort a été la plus forte et qu'il est allé rejoindre les marins des siècles passés, au pays des sirènes.

— De toute beauté, conviens-je, on dirait du Maurice Druon de l'époque londonienne. Très bien, je vous remercie, Le Guennec.

Il méduse, le flic breton.

— Mais, on ne...

— Pardon ?

— A propos de cette nouvelle...

— Je m'occuperai de la chose.

Il se retire avec une tronche de colin qui aurait perdu sa mayonnaise.

Bérurier le remplace.

Fleurant fort le calva. Son haleine fait songer à une tannerie, tant elle est vigoureuse, implicite et tronquée, comme l'écrirait un poète concentraceptique de mes anciennes relations.

Il rigole de tout, le Gros. De lui d'abord, et puis des autres, de la vie, du temps qui coule.

— Je peux te dire que c'est pas le dénommé Tango qu'a flanqué Katkarre dans la tisane.

— D'où te vient cette certitude ?

— Il s'est embarqué très tôt ce matin à bord d'un canot tomobile que lui a prêté un ami.

— Pour aller où ?

— A l'île de Nichemar'h, paraît-il, où qu'habite un de ses frelots.

— Qu'appelles-tu tôt, Alexandrovich ?

— Oh, à poltron minette : sur les couilles de quat' plombes. Or, on a vu le commandant Katkarre sur le port depuis. Y détachait sa plate.

Mon bigophone glapite. Je décroche. Une voix basse, presque aphone, murmure :

— C'est le commissariat ?

— Mieux : c'est le commissaire en personne, réponds-je.

— Ici un membre de l'O.L.B.

— Il s'agit d'un club de foot-ball ?

— Non : Organisme pour la Libération de la Bretagne.

— Faites excuse, et alors ?

— On voulait juste vous dire d'ouvrir vos fenêtres pour mieux entendre.

— Entendre quoi ?

— L'explosion. Vous en avez bien une qui donne sur la mer, non ?

— Évidemment, excepté les chiottes du café de la Marine, je me demande où il faudrait aller pour ne pas voir la mer dans ce patelin.

— Alors contemplez la mer, commissaire, en direction de la Pointe du Chaz. Ça va être impressionnant.

— Et ça va l'être dans combien de temps ?

— Si votre montre indique onze heures vingt-six, comme la mienne, ça le sera dans quatre minutes.

Et on racroche.

Je reste un instant perplexe. Décidément, ce patelin est moins monotone que je ne le croyais. On peut même admettre qu'il s'y passe des trucs intéressants.

— T'as l'air dans le yaourt ? me fait Béru.

— Allons à la fenêtre, Gros.

— T'as des vapeurs ?

— Un correspondant presque anonyme me promet un feu d'artifice pour tout de suite.

Le barde Delar'r et sa mégère sont allés chanter à l'autre extrémité de la place. Des badauds badent autour d'eux, graves et recueillis. Au bout de la place y'a le port et son grand troupeau de barlus ventre à ventre. Ensuite c'est le large. Et il est vachetement large, le large, crois-moi. Sur la droite, la pointe du Chaz s'enfonce dans la flotte, très loin, avec ses récifs aigus comme des dents de greffier et, tout au bout, tout au loin, son phare qui veille sur le littoral.

— Gros, passe-moi le téléphone !

Il.

Je forme au cadran le numéro de la gendarmerie.

— Ici commissaire San-Antonio !

— Ah moui ? me rétorque le yeut'nant dont c'est lui-même qui vient de répondre.

— Moui, il y a bien le téléphone dans le phare de la Pointe du Chaz, je suppose ?

— Effectivement.

— Appelez immédiatement le ou les gardiens. Dites-leur qu'ils ont trois minutes et demie pour s'éloigner le plus possible du phare.

— Mais vous n'y pensez pas, il y a trois cent vingt-quatre marches à descendre.

— Eh bien ! qu'ils se remuent le cul.

— Mais qu'est-ce qui se passe ?

— Peut-être qu'il ne se passera rien, mais peut-être qu'il se passera quelque chose d'un peu terrible, faites ce que je vous dis, immédiatement.

Je raccroche.

— Tu crois que c'est le phare qui va péter ? demande Alexandre-Benoît Bérurier, en homme qui sait conclure.

— Un anonyme me promet une explosion et me dit de regarder la mer sur la droite. Je n'aperçois qu'un phare. La déduction s'impose. Passe-moi les jumelles que j'ai aperçues dans le placard, en emménageant.

Il obéit de belle et bonne grâce.

Je règle les jumelles (qui précisément sont marines) à ma vue et bigle le phare intensément. Te dire que mon palpitant reste sage comme sur une planche anatomique serait mentir. C'est la grande recette, la bombe, je te l'ai moultement seriné. Elle pète à telle heure. Tu n'y peux plus rien. Juste attendre. Et tu attends. Et le tic-tac du monde continuant de fonctionner te semble formidable. C'est le monde qui est la bombe. Tu es la bombe. Tout est la bombe, sauf la bombe elle-même dont tu attends qu'elle explose sans être sûr qu'elle existe.

Tu es là, l'alarme au pied, à l'œil, perclus d'appréhension.

Ces lunettes sont excellentes puisqu'elles me permettent de voir les briques rouges du phare, sa coupole de verre, son assise en pierres de taille, avec l'ouverture ogivale de la porte, trou de terrier pathétique que les hautes lames de l'Atlantique viennent lécher hardiment.

Je guette la sortie du phareur. Je suis effaré. Rien... Quelle heure est-il ? Je n'ose regarder le cadran de ma tocante, de peur de rater le spectacle promis... On ne doit plus être loin du compte. Si la bombe ne s'amuse pas en cours de route, elle devrait éclater d'une seconde à l'autre.

A mon côté, le Gravos s'exorbite à s'en énucléer. Son souffle épais comme la machinerie d'un bateau à aubes remontant le Mississipi s'amplifie à chaque goulée.

— Tu croyes pas qu' les quat' minutes ont écoulé ? chuchote le Rhinocéros.

Là-dessus, le bigophone retentit, nous faisant sursauter.

— Réponds, Gros !

— Je risque de manquer l'badaboum, objecte Lanturlu, y' a qu'à laisser carillonner ; y rappel'ront, merde !

— Réponds, bon Dieu !

En soupirant il s'arrache et va décrocher.

— Ici commisssériat, j'écoute ! Ah, c'est vous, mon yeut'nant ? Vous disiez ? Causez plus fort, j'vous r'çois mal. L'gardien d'phare n'répond pas ? Faut insister, il est p't'êt' aux gogues et si é se trouvent à l'entresol...

C'est juste sur son point de suspension que la chose se produit. Et elle me prend au tu sais quoi ? Dépourvu. Pour la bonne raison que la propagation du son est plus lente que celle de l'image. Soudain, dans mes lunettes d'approche, le phare se disloque. Il éclate en son milieu. L'espace d'un éclair, il est séparé en deux. Il y a sa partie inférieure, massive et bien campée. Et puis un volcan en éruption dont la lave est faite de briques, et enfin la partie supérieure qui semble rester en suspension. C'est à cet instant de la vision que le bruit me parvient, il est ample, creux, lointain comme certains tonnerres. Mais il roule et s'amplifie en accourant, comme une boule de neige dans une pente. Là-bas, une pluie de matériaux sur un nuage noir. Je vois basculer la moitié supérieure du phare. Elle semble sauter loin de sa base, pareille à un épi de maïs dont on a sectionné la tige d'un coup de faucille.

Les lunettes se brouillent. Je continue de regarder à l'œil nu. On n'aperçoit plus qu'une espèce de nuée frangée de brume grise qui glisse doucement jusqu'au sol. Émergent lentement les ruines d'un phare, tour équivoque dentelée comme une couronne de marquis. Et voilà, mon correspondant de l'O.L.B. ne m'a pas berluré.

D'ailleurs, j'ai remarqué que les Bretons sont gens de parole. Ils ont le crâne dur et la pensée directe. Le mensonge est une chose fleurie qui ne s'accommode ni du granit, ni de l'océan, ni des grands vents hurleurs, ni des landes arasées. L'homme rude d'un pays rude ne sait que les vérités rudimentaires et ne peut inventer.

— Je savais, grommelle rageusement Bérurier, oh, j'savais : quand y'a quéqu' chose à voir, c'est toujours pour tes z'yeux.

CHAPI CINQ

et tout ce qui s'ensuit

Il doit être sourdingue, le barde Delar'r, car il continue de bieurler à travers les rues, sa vielle dans les bras, sa vieille sur les bras, son chapeau rond sur la tronche. Il gutture drôlement en chantant, l'apôtre. C'est peut-être à cause de quoi il n'a pas perçu l'explosion. Toute la populace se draine fissa en direction du phare. Les gosses juchés sur des vieux vélos ferraillants, les jeunes gens à vélo-moteur, les adultes en rang, les vieilleries en cannes ou béquilles, toute la cohorte impressionnante des veuves, noires et blanches comme des pies. Ici, à part une conserverie de sardines, l'industrie principale reste la veuve. Leurs matous sont allés boire la grande tasse, un jour, dans les lointains épouvantables du grand nord poissonneux. Elles, elles restent pour prier ferme, déferler du chapelet, processionner derrière le recteur en queue leu leu claudicante. Bien remercier not'seigneur d'avoir accueilli leurs terre-neuvas dans son magistral paradis. Qu'il ne leur reste à elles pauvres que de chétives pensions et des sablés bretons pour accompagner les rasades de café.

Oui, tout le monde coude à coude au corps en direction du sinistre. On crie des madoué ! des misères ! des Seigneur Jésus ! essoufflés. On se signe quand on est assez ingambe et qu'on n'a pas besoin de ses bras pour régler sa marche. On veut voir ça de près, à bout portant d'œil, cette chose inouïe d'un paysage privé du phare qui s'y trouvait planté depuis des chiées de générations. Et comment t'est-ce ils se démerderont pour rentrer à la nuit noire, les combien de marins, combien de capitaines, hein ? Comment éviteront-ils les perfidies des naufrageurs balanceurs de lampes-tempêtes ? Une pointe du Chaz sans phare vous a l'air à poil. Plus rien qui vigile pour marquer la limite entre l'océan féroce et la côte rocheuse, faite de mille hallebardes dardées vers les venants. Madoué ! Madoué ! Le criminel qui dynamite un phare engendre la tempête. La malédiction soit sur lui à tout jamais !

On fonce, le Mammouth et moi, en direction du port ; le plus simple ? Se rendre en canot tomobile jusqu'au sinistre. L'aborder par la mer. Comme nous déboulons sur le môle, une voix m'hèle :

— Hep, commissaire !

C'est le yeut'nant de gendarmerie. Il est debout dans une vedette qu'un vieux chacal de mer (les loups sont en voie de disparition) met en route. Nous les rejoignons *in extremis.* Le moteur de l'embarcation s'enrogne. C'est la décarrade écumeuse malgré la vitesse limitée à 3 nœuds dans le port. Béru, surpris par le plein-gaz du mataf, se retrouve à rond-ventre dans le canot. Il en perd son râtelier, tellement que la secousse a été forte.

— Inouï, inouï, dit l'officier de gendarmerie — corps d'élite s'il en fut — comment diable avez-vous été prévenu de la chose ?

— Un coup de fil semi anonyme d'un type qui prétendait appartenir à l'O.L.B.

— V'aim'rais vien affoir une confervafion afec

Tango, déclare Alexandre-Benoît, tout en réparant son dentier tordu à l'aide de son Opinel.

— Pourquoi, Tango ? demandé-je distraitement.

— T'oublille qu'c'est un furdoué de l'esplovif !

La remarque me fait sursauter. Tiens, c'est juste ! Ne l'a-t-on pas surnommé Tanguy-la-Nitro dans le milieu ?

Et, comme par hasard, il a pris la mer avant l'aurore, ce malin.

Nous voici sortis du port et le canot fonce dans de l'écume éblouissante. La côte déferle sur notre droite qu'on appelle ici tribord, pour des raisons mystérieusement bretonnes qu'il ne faut pas chercher à comprendre vu que la Bretagne se trouve en face de la Grande. Tout est rébarbatif, gris, désolé. Pourtant, nous découvrons une espèce de faille dans ces remparts naturels. La roche s'affaisse pour laisser apparaître une minuscule crique verdoyante au centre de laquelle s'élève une somptueuse propriété moderne, mais d'architecture armoricaine ; grand toit d'ardoise descendant très bas sur des murs d'un blanc crayeux, fenêtres à petits carreaux, murets de pierres plates pour couper le vent. Devant la demeure, une piscine avec plongeoir, plus une petite construction annexe comprenant sans doute un bar et des cabines.

— Pas moche, le cabanon, dis-je au yeut'nant.

— C'est la propriété de Gildar Lembrumé, le ministre, commente le gradé. Il n'y vient pratiquement jamais.

Effectivement, la propriété semble déserte. Elle est pimpante mais tristette.

C'est alors que mon petit lutin privé, celui qui roule pour moi bien souvent, me chuchote des choses évasives que j'écoute d'une oreille plus ou moins distraite.

— Il ne doit pas y avoir beaucoup de piscines dans le secteur ?

— Ça non, le climat ne s'y prête guère. Je crois que c'est la seule à des kilomètres à la ronde.

J'enregistre mentalement. Je creuserai cette question plus tard.

Une fois dépassée cette anse, le récif reprend de la vigueur. Il devient d'une hardiesse formidable. Dieu, ici, a travaillé dans le gothique.

Notre vieux chien-loup de mer ralentit, car l'océan se prend au sérieux. Les vagues se déguisent en lames. Et pourtant le baromètre reste peinard ce morninge, mais dans cet angle d'univers rien ne va plus, la terre et l'eau se fâchent. Elles semblent s'être déclaré une guerre qui ne finira jamais. Elles partent à l'assaut l'une de l'autre, car la côte paraît mouvante et il est impossible de définir si les attaques de l'océan ne sont pas repoussées par de grandes estocades de la roche.

Il faut piloter molo. Le moteur tourne en crachotant. Parfois, soulevé du cul, le canot a son hélice hors d'eau et c'est alors la brutale râlée.

— Je me demande quelle solution de secours les autorités vont mettre en place, dit le yeut'nant.

Cette partie du littoral est la plus dangereuse des eaux territoriales françaises. Déjà que nos bateaux de guerre s'y font éperonner en plein jour, que sera-ce de nuit, sans phare ?

— On amènera probablement des groupes électrogènes avec des projecteurs, hypothésé-je.

Mon compagnon hausse les épaules.

— Vous oubliez qu'un phare est personnalisé par la fréquence de son faisceau, en outre il s'élève parfois à cent mètres de hauteur…

— La nouvelle sera connue de tous les bateaux

croisant dans le secteur, ils prendront leurs dispositions.

Mais, malgré ma volonté d'apaiser ses craintes, l'officier de gendarmerie, — ce corps de bâtiment d'élite — reste soucieux.

Il pressent des calamités.

Et, pour ne rien te cacher, je les renifle aussi.

*
* *

Quelle tristesse que les choses détruites ! Tuer l'œuvre des hommes, c'est pire que de les trucider eux-mêmes.

Tu croirais la conséquence d'un séisme. C'est l'Apocalypse qui commence parmi les roches. Des morceaux de vitrage, des éléments de moteur, la valve solaire, la lentille de Fresnel, la cuve à mercure, des marches, des meubles, et briques briques briques. On enjambe ce cataclysme mort. On arpente du désastre. On évalue la catastrophe. La plus horrible découverte revient à Bérurier.

— Hep, les mecs, v'nez un peu par ici !

Il est debout devant une chose immonde : le gardien de phare, tout simplement. Une moitié de gardien de phare pour être précis ; la partie supérieure d'un gardien de phare. L'homme a été ligoté avec du fil de fer. Détail sadique, on l'a muselé au moyen de sparadrap, mais en lui laissant sa pipe dans la bouche, par dérision. Il ne risquait vraiment pas de répondre au téléphone, le pauvre type.

Ainsi donc, le destin de l'homme à la lanterne, ce Diogène des flots colériques, a-t-il suivi celui de son phare puisque le voici également coupé en deux tronçons dont l'un reste horriblement rassemblé et dont l'autre est devenu horriblement épars.

— C'est la première fois, soupire le yeut'nant (il se nomme Jean-Marie Lembroqué, j'allais t'omettre).

— La première fois que vous voyez un mort ? sarcastise Bérurier.

— La première fois que l'O.L.B. assassine, précise le gradé de la gendarmerie nationale (ce corps des litres).

« Jusqu'alors, leurs coups de main n'ont causé que des dégâts matériels.

— Peut-être que les meurtriers cherchent à faire porter le chapeau à cette organisation ? émets-je.

Ensuite je pénètre dans ce qui demeure debout de la construction histoire d'enquêter un petit coup, quoi, on est ici pour ça. Les indices, ça n'existe pas que chez la grand-mère Christie. Bon, moi j'abonde pas tellement dans ce sens parce que je trouve que ça fait rétro. Le mégot, l'empreinte de semelle, j'en ai rien à branler, qu'après on s'y paume et tes lecteurs gringrins s'hâtent de te foutre le nez dans le caca de tes bévues, trop heureux de te coincer, les gueux. Un qu'avait pigé admirablement la chose, c'est le Simenon. Son Maigret fonctionnait au pif exclusivement, à l'impression, atmosphère, atmosphère, il avait une gueule d'atmosphère, un sixième sens pour la carburation ; rien dans les mains, rien dans les poches : tout dans les narines ! Il arrivait, reniflait et c'était parti mon kiki. Ça l'évitait, au Simenon, de se tarter avec les bagues de cigare, les taches de foutre ou de cambouis. On a tous ses trucs, ses tiques, ses triques pour battre le beurre du polar.

Moi c'est autre chose, plus m'enfoutiste encore. Basé sur le n'importe quoi, sur le tiens fume c'est du belgium, et que le résultat, après tout, est le même. Péripéties, ça oui. Sacré ! La base du métier. Coups tout azimut. Coups : de feu, de bite, de théâtre, du sort, et blessures, de poing, fourrés, pour coups. Afin d'assurer la rotation de l'assiette à l'extrémité du bâton chinois. Du sang, de la volupté, du déshonneur.

N'empêche, l'indice, parfois, tu dois t'y rabattre. C'est une des cinq manières de progresser l'action, car l'action, si j'ose dire (et j'ose tout) c'est une obligation.

J'entre dans le phare (Aon) déguisé en tour branlante ébranlée et branlée, le vent des confins y glapit en sauvage. C'est plus un phare (macien) mais un sifflet de locomotive, une cheminée emportée par la furie de son tirage. Tu te sens aspiré. Je gravis les marches de pierre lentement afin de tout bien examiner. Les indices grimpent comme celui des prix. Je me respire une cinquantaine de marches sans dénicher rien d'anormal. Le phare (amineux) cesse. Fin de section. Pour le reste, voir plus bas. Avant de redescendre ma déconvenue, je me permets un regard panoramique sur cette contrée grandiose dans sa sérénité éperdue. C'est pas un pays de plaisantins ! Devant moi la mer écumante, d'un gris épais, piquetée de bateaux qui paraissent tous en perdition dans cette monstrueuse lancée de vagues. Je pivote : voici la côte et ses rochers d'autre monde. Je continue mon pano en direction de la ville accroupie sous ses ardoises. Avant que mon œil ne l'atteigne, il s'arrête sur la crique du ministre.

Pourquoi a-t-il accaparé ce coin de rémission, Lambrumé ? Cinq mille mètres de verdure oubliée par le diable, et hop, il se les goinfre pour y construire son clapier grand standinge, y creuser sa piscine...

Mais ! Attends, bouge pas, qu'aspers-je ? Une silhouette noire, luisante, traverse la propriété de Gildar Lambrumé. Dommage que je n'aie pas apporté les jumelles. Cette silhouette est, dirait-on, celle d'un individu portant un équipement de motocyclard. Il est coiffé d'un casque blanc, à heaume, traversé d'une large bande noire. Il sort de la propriété et je cesse de le voir. Un bref moment s'écoule. Une moto avec lui dessus fonce sur la route sinueuse qui serpente à travers la lande grise et mauve. Je redescends. Le yeut'nant, Béru et le vieux loup-garou de mer accumulent les objets qui jonchent le sol sur les lieux de l'explosion. Ils ont tendu une corde prise dans le canot pour interdire l'accès des lieux à la foule qui rapplique, sombre et psalmodiante comme une procession de pénitents espagnols. J'avise un grand jeune homme sur un Yokohama 350 à culbutage frénétique incorporé. Il est grand, blond et con à bouffer des huîtres sans les ouvrir.

— Dis donc, l'ami, je suis le commissaire de police, ça t'ennuierait de me reconduire à Ploumanac'h Vermoh ?

— Oh, oui, qu'il me dit, je viens juste de venir.

Sans tenir compte, je me mets à califourchon sur l'arrière du siège.

— Eh bien, comme ça, tu viendras juste de repartir, dis-je en le désarmant d'un clin d'œil. T'es un grand garçon, t'as le droit de vote, je te réquisitionne.

***

— Tourne à droite !

J'ai dû hurler pour me faire entendre malgré le grondement de son monstre nippon.

Il ralentit.

— Mais ça mène à la propriété du ministre ! objecte l'aimable adolescent.

— Justement, j'aimerais aller l'admirer de près.

Docile, il oblique sur le chemin secondaire qui se faufile entre les genêts non encore fleuris. Le ciel s'abaisse mochement, plein de laides boursouflures.

On dirait le chapiteau d'un cirque qu'on se met à démonter. Cela produit des poches, de lourdes arabesques. Je remonte le col de mon veston. J'ai froid, tout à coup. Un intense besoin de soleil m'investit. Je donnerais vingt ans de ta vie pour être installé à la terrasse d'un café, dans une île grecque, n'importe laquelle, et y bouffer du fromage aigre en regardant le bleu et le blanc environnant.

— C'est là, fait le grand niais motorisé.

Je saute du siège. Il m'imite et cale son engin sur sa béquille. Une petite porte arrondie flanque la maison fermée. Elle est percée dans un long mur blanc aux pierres çà et là apparentes. Une simple poussée la fait s'ouvrir.

— Eh bé, elle m'a rien d'un château-fort, sa gentilhommière à votre ministre de mes deux ! remarqué-je.

Le crétin à monture japonaise rigole.

— C'te porte, jamais é ferme. Y'a toujours quéqu'un à l'ouvrir.

— Ah bon ?

— Comme le ministre vient presque jamais, c't'ici qu'on baise, les jeunes, dans la cabane de la piscine. Y'a tout le confort.

— Quelqu'un s'occupe de l'entretien, je suppose ?

L'évocation du personnage auquel je m'intéresse le fait rigoler blanc.

— C'est sûr.

— Tu peux m'indiquer son nom ?

— C'est le barde Delar'r et sa bonne femme, l'Anaïs. Il s'occupe d'un tas de trucs dans le pays. Tout le monde lui confie des choses à faire, mais il les fait quand y lui tombe un œil.

— Alors, pourquoi s'adresse-t-on à lui ?

— Pour se mettre bien. Quand il est en pétard après quelqu'un, il va en chanter du mal par les rues.

Curieux rackett. Faudra que j'aille saluer ce bonhomme, et lui filer un petit bouquet pour qu'il propage les mérites du nouveau commissaire.

En attendant, je pénètre dans le vallon heureux accaparé par Gildar Lambrumé, ministre pour assurer son standinge. Ministre de quoi ? Il ne m'en souvient. Un ministre, ça n'est plus qu'un sous-main, le mercredi, sur la grande table du Conseil à l'Élysée. Jadis, on savait leurs noms, les ministres, on les appelait Excellence ou j'sais pas. Ça effervesçait quand ils condescendaient quelque part. Ils disaient des blabla que la presse écrivait religieusement. Y'en eut un, ministre des sports, qui inaugurant un stade, dit à un organisateur qui le priait d'attendre la course du cent mètres avant de se retirer : « Je veux bien assister au départ, mais je ne pourrai pas rester jusqu'à la fin ! ». Authentique, c'est consigné dans les annales. A présent, tu mates un gonzier à la téloche. Un présenttentateur annonce qu'il est ministre de cecicela, puis se met à l'appeler Dunœud, ou Chemoldu. T'avais seulement jamais retapissé sa frite, avant. Et tu ne la reverras jamais. Lui il dit doctement que « compte tenu des données fondamentales du problème... » te cite quelques chiffres pas comprenables. Bref, trois petits tours de con et puis s'en va. Happé par l'oubli dès qu'il a mis le pied dehors, ce pauvret enfrileusé. Juste un instant, pour Antenne 2 ou consœur. Qu'on voye l' ô combien il est farouchement inexistant, l'apôtre. Ministre par inadvertance, au pied levé, le pied étant lui. Bleu croisé, cravate. Il est venu faire le pontife. Mais il n'est vraiment ministre que pour son armoire à glace. Là qu'il s'aime librement, s'appelle Monsieur le Ministre à la Quantité de la Vie, à la Conjonction de Coordination, de la Saleté Publique à la Condition féminine d'en sortir. Ministre des Démangeaisons.

Secrétaire dans tous ses états, d'État. Et ta sœur ! État-frère. Et t'as le bonjour d'Alfred. Un caprice ! Ministre, c'est de la chirurgie esthétique politique. Ça sert juste à tirer la peau d'un gouvernement. C'est éphémérique. L'en réalité, gouverner ça dépend d'une pincée d'hommes, des qui se savent par cœur et qui usinent en secret. Et le ministère n'est que littérature !

Le barde Delar'r et sa mégère ne se cassent pas, question ménage. Dans l'appentis jouxtant la piscaille, on dénombre trois mille deux cent quatre-vingt-quatre préservatifs farcis, car la Bretonnette est pas encore sur orbite question de la pilule. Ça vient doucement dans les bocages et le long des grèves chateaubriennes. Quelques slips oubliés ont servi de chiftir à d'autres baisants. Y'a du bouton nacré de-ci par-là.

Mézigue, je te causais d'indices, y'a guère. Voilà que je tombe en arrêt de volée devant la pistoche. Elle est bordée de dalles de granit rose. A un certain endroit, quelques-unes de ces dalles sont mouillées, alors que le reste est sec.

Me faudrait un récipient.

Je retourne à la construction. Tu penses qu'il ne reste plus une goutte de rien du tout dans les boutanches d'apéro. Ç'a été sifflé depuis lulure, au grand mépris ministériel. Les découilleurs qui se redonnaient du tonus après leurs crampettes. Je déniche une bouteille de coca, je la rince au robinet de la douche, puis l'emplis avec l'eau de la piscine et la bouche de mon mieux à l'aide d'un tampon de papelard. La glisse dans ma poche intérieure de veste afin qu'elle reste droite.

— Pourquoi que vous emportez de l'eau, m'sieur le commissaire ? s'étonne mon tocycliste.

— Il faut toujours se prémunir contre la soif.

Bon, si on s'en allait ?

Je promène une regardée incertaine autour de moi. Au fond de l'appentis où sont remisés les meubles de jardin poussiéreux et moisissants, un filet à long manche est accroché au mur, celui qu'on utilise pour écumer la piscine des feuilles mortes qui y viennent pourrir.

Une traînée humide se lit sur le plâtre au niveau des mailles du filet. Je vais le palper, il est encore détrempé. Donc il vient de servir.

Je regarde encore, mélanco, pas joyce dans ma peau. Faudrait un peu de musique douce. Un petit air ténu qui aille avec la brise comme s'il était le cœur de sa pulsion. Une musiquette gentille, de celle qui te dodeline l'âme, tant qu'à la fin tu pousses un soupir et te mets à regretter tu ne sais pas quoi, que t'as failli connaître, que tu ne connaîtras jamais, ou bien trop tard, ce qu'est pirissime.

— En somme, vous enquêtez, non ? murmure mon jeune compagnon avec respect, du ton d'une pucelle qui demande à son époux, au soir de ses noces : « En somme, c'est ça, une bite ? »

— Pratiquement, réponds-je.

— On dirait que vous voyez des choses, note mon tocycliste impressionné.

Peut-être que j'en vois, en effet. Je vois le commandant Katkarre qu'on noie dans cette piscaille. Et puis qu'on emporte au port pour l'y balancer. Je vois un type en combinaison noire, casque à heaume, venant repêcher un objet compromettant ayant appartenu au mari de la blonde remailleuse de filets.

Dans notre métier, il faut voir coûte que coûte, ne serait-ce qu'avec une canne blanche.

— Tu veux bien me conduire à Ploumanac'h Vermoh, maintenant, fils ?

Maintenant, il m'est acquis, le cavalier de l'Apocalypse.

— C'te connerie, je vous mène où vous voulez, c'est mon jour de congé.

— Que fais-tu dans la vie ?

— Boucher. Mais je travaille à Lémery et aujourd'hui c'est la Saint Tnitouch' là-bas.

— Je m'en doutais, dis-je.

— Que c'tait la Saint Tnitouch' ?

— Non, que tu étais boucher à Lémery.

Il irradieuse.

— Ah vouais ? A quoi qu' vous l'avez vu ?

— Ce sont des choses que l'on devine quand on est perspicace.

***

La foudre nipponne m'emporte. Mon flacon d'eau, mal bouché, humecte ma poitrine, le vent de la vitesse la refroidit et au bout de deux bornes voilà que j'éternue.

On parvient à l'orée de la sous-préfecture. Le louchébem tourne la tête et aboie dans son vacarme :

— Tenez, le barde, c'est la maison bleue, là-bas.

Ainsi me vient l'envie d'y faire halte.

— Stop !

Il dépétarade. Son bolide s'approche en se dandinant d'une construction basse peinte en bleu vif, avec des massifs d'hortensias bleu pâle tout autour et un capharnaüm bordélique dans les environs immédiats. Au-dessus de la porte est un large panneau sur lequel on peut lire, en caractères torturés, enjolivés de poils de cul et de fleurettes : *Loïc Delar'r, barde breton, plombier-zingueur, poète scatologique.*

Les Delar'r sont rentrés de leur tournée proclamatoire. La dame fait des crêpes. Lui, assis à une table-établi, calligraphie des mots en écriture gothique sur un panneau de bois ayant la forme d'un parchemin. C'est un grand type un peu hirsute et très malodorant, avec des écailles de crasse sur les mains et des repas à emporter dans les volutes de sa barbe-moustache.

— Vous désirez ? me demande-t-il.

— Faire un peu de conversation, réponds-je.

Et puis je me présente. Et il me serre la main. Et il appelle sa dame pour que je lui en fasse autant. Et c'est une vieillarde presque, la Delar'r, avec des vertugadins en viandasse sous ses hardes bretonnes, des passages cloutés en verrues sur ses bras démanchés à cause de la pâte à crêpe sarrasine. Le cheveu filasse, l'œil triangulaire, la peau comme celle des vieilles couilles endormies. Et aussi pestilentielle que son barde à la con, mais pire, puisque femelle. Que je ne te dis que ça. Mais outrepassons et passons outre, que cette dame fouettarde n'a rien à voir dans mon récit, et jamais n'aura, heureusement.

Je dis au vieux de la vielle qui veille sur sa vieille que j'ai beaucoup admiré leur prestation vocale dans les rues de la ville. Et combien c'est une pure émanation du terroir-caisse, ce chant bardeur pour annoncer la mort du commandant Katkarre.

Il est fiérot, le bougre, plus vanneur que pou de corps communément dénommé morpion.

Pour lui porter le comble, je m'informe de l'en quoi consiste sa poésie scatologique annoncée sur son enseigne. Et de bonne et grande grâce, il m'explique qu'il est l'auteur de ces délicats panneaux que l'on trouve dans les chiottes d'établissements distingués. Il les compose, les rédige, les orne de plaisants étrons fleuris, fumants, mutins, presque appétissants, tant il les glorifie de couleurs n'ayant rien de résiduel. Il me les montre avec bonheur. Me déclame les textes ingénieux, dont la lecture crée chez le pratiquant du lieu où ils sont placés un sentiment de belle humeur laxative propice à l'assouplissement des sphincters les plus endurcis. Il me faut convenir, en toute loyauté et sans jalousie d'auteur, de la réelle qualité de ces œuvrettes dont je citerai, pour échantillonnage : « Vous qui venez déposer des fonds dans cette banque, n'oubliez pas votre monnaie », « Ne tirez pas le diable par la queue, mais tirez la chasse par sa poignée » et surtout, au grand surtout, le chef-d'œuvre : « Efforcez-vous, il en sortira fatalement quelque chose. »

Je complimente le barde Delar'r, l'assure qu'il y a du Montaigne sur ces gracieux panneaux. Il est frappé par l'évidence. Non, il ne s'était jamais rendu compte, mais maintenant que je lui dis, le rapprochement s'impose, aveuglant.

— Vous avez tous les dons, l'échauffé-je : musicien, compositeur, chanteur, plombier-zingueur, poète, calligraphe... Dieu, que je vous envie, moi qui ne suis qu'un policier de la main droite et un écrivaillon de la gauche. Je me sens si lourd d'inaccomplissement, si vous saviez. Car plus j'avance, plus il me paraît évident qu'un homme ne meurt jamais riche de ce qu'il a fait, mais pauvre de ce qu'il n'a pas fait.

Il me console tant bien que mal, m'explique que le surdouage ne saurait être commun, sinon nous existerions dans une société d'élite angoissante d'être trop accomplie.

Là-dessus, il m'offre une eau-de-vie de sa distillation que j'accepte imprudemment et qui pue la sanie comme s'il y avait mis sa bonne femme à macérer. Mais j'ai subi d'autres infortunes en cours de carrière ; et puis il n'est pas de bon flic sans bon estomac. La digestion héroïque faisant partie des dons de nature exigée par mon infâme profession.

La vieille me propose une crêpe. Amateur de céréales, j'en mange six d'affilée. Les siennes sont exquises, tartinées de beurre salé.

Tout en me sustentant de blé noir et de gnole infecte, je discute avec le barde. Il connaît tout le monde à des lieues à la ronde. Et il suffit de mettre un nom sur le tapis pour qu'il tire sur le fil de la bobine.

Il sait tout, a une opinion sur tous, la dent dure, la langue bifide. Une véritable aubaine pour un poulet en quête de personnages à plumer.

Je lui propose trois sujets ; et il me les traite de telle manière qu'il est reçu à l'oral sans tu sais quoi ? Coup férir.

Les trois sujets sont, tu les devines :

Katkarre, Tango, le Phare.

Tout autre, plus tartineur que moi, te donnerait droit aux délirades du Plombier-Poète-Zingueur, mais la tambouille santantoniaise ne s'épaissit pas de ce pain-là. Chez le commissaire c'est le juste mitan, pourrait-on dire. Droit au rebut en épargnant le virage. Et voilà. Je te résumerai donc cette épique conversation.

Primo : Katkarre.

On ne lui connaissait que des amis, vu que sa bonne femme lonche avec tout ce qui a des velléités d'érection, entre quinze et soixante-quinze ans. L'ignorait-il ? Probablement pas car depuis quelques années, il s'était mis à boire, lui que l'on considérait comme sobre pour un Breton, car avant de s'adonner à l'alcool, il ne buvait qu'une bouteille de calva par jour.

Ses affaires allaient mal. Il naviguait de moins en moins, passant ses journées au café de la Marine avec les matelots de son équipage.

Deuxio : Tango, il le sait, est une verminerie irrécupérable. La honte d'une famille honorable. Son père est mort de chagrin ; sa mère fait le ménage du curé et s'abîme en dévotions. L'un de ses frères s'est exilé à l'île de Nichemar'h. Ses sœurs sont parties, qui à Quimper, qui à Rennes. L'une est religieuse, l'autre taille des pipes à Paris. Le retour de l'enfant prodigue a surpris, mais la population lui a fait bonne figure car il fait peur. Ses agissements sont innocents, sauf qu'il se rend chaque jour au bureau de poste de la rue des Bignous pour téléphoner à Pantruche, et pourquoi qu'il téléphonerait de la sorte s'il avait vraiment rompu avec la maléfique capitale de perdition, il me demande, le poète excrémentiel.

Troisio : le phare.

Eh bien il va me dire, le barde, tout, le fond de sa pensée jusqu'à la doublure. Un acte de l'O.L.B. ? Son cul ! Vous m'entendez ? Son cul ! Il sait de quoi il cause. Air entendu laissant à supposer qu'il en fait partie, lui, de l'O.L.B., breton à son point ! Folklorique jusqu'à plus pouvoir. Et qu'il est persona gratin, là-dedans, le barde Delar'r. Pas du lampiste tout venant, grande gueule à coller les affiches ! Tête pensante, voilà. Cerveau de ce mouvement louable. Alors que non, non, non et son cul pour le phare. S'agit d'autre chose. Jamais l'O.L.B. n'aurait zigouillé un gardien de phare ultra bretonné, essence de la race. Ja-mais ! Un gardien de phare, c'est un emblême. Lui, le barde, il a proposé de mettre dans le blanc du drapeau blanc Breton-Libre un phare stylisé, alors ?

Cet attentat, je veux qu'il me dise ? Un coup du gouvernement, parfaitement, pour donner motif à représailles. Ça va se durcir pour l'O.L.B., mais ils ne flancheront pas, les gars du mouvement. Ils iront jusqu'au bout, créeront la Nation Bretonne. Ils auront la bombe anatomique un jour, pour garantir leur Indépendance conquise.

Et si la France bronche, continue d'emmerder selon ses belles habitudes, ils la conquerront, la France, cette bougresse grande gueule, toujours à se croire plus maligne que les autres, et si parfaitement conne qu'on la cite en exemple de connerie à l'extérieur. Oui : la Bretagne annexera la France, ça fera pas un pli. Et elle annexera la Corse aussi raide. Et la Savoie avec ses radicelles ritales. Et l'Alsace-Lorraine choucrouteuse par-dessus le marché. Enfin, y'aura une nation unie, forte, rayonnante. Telle que le grand de Gaulle la rêvait, cet utopiste à la flan, toujours le front sous ses deux étoiles mesquines, çui-là, à se croire, à nous vouloir, merde, cette manière de sauver imperturbablement, de tenir les françouzes à bout de bras, faire croire qu'ils sont grands et que lui clamsé, pouf : des gnomes ! Encore une bolée de calva, commissaire ! (C'est pas une propose, mais un ordre.) Oui, le phare détruit, c'est signé gouvernement français. Des loustics, des louches, des tortueux, des évasifs, des pleutres.

Alors, profitant de ce qu'il biberonne sa énième bolée de ramone-tripes, je lui demande (et me demande) à brûle-gilet, pardon : à brûle-pourpoint :

— Existe-t-il un lien entre les trois choses ?

Le poète-barde-plombier me flagelle les tympans d'un rot comme une corne de brume.

— Quelles trois choses ?

— La mort de Katkarre, le retour au pays de Tanguy Liauradéshome, le dynamitage du phare... Tout cela en un laps de temps si réduit !

Moi, je dis lien ! Lien et lien !

— Possible, convient le barde Delar'r, mais alors c'est un coup du gouvernement.

Soudain, il se dresse, les mains plaquées aux oreilles, comme pour contenir la charge d'un bruit insoutenable.

— Et c'est pas fini ! braille-t-il. Et c'est pas fini ! Nous sommes au début d'une ère calamiteuse ! Le ciel nous tombera sur la tête et l'océan remontera jusqu'à Rennes !

CHAPIT SIX

Où la prédiction du barde se réalise.

L'orage fait rage.

Pluie, grêle, vent, crachin, cochon, couvée !

Le ciel à la Vlaminck est comme halluciné. Des éclairs l'éventrent. Il se déchire jusqu'au bout de l'horizon marin, tout là-bas que les albatros cessent d'hasarder au cul des navires capitalistes.

Docile, l'adorable petit con motocycliste qui m'a attendu près d'une plombe devant la maison du barde-plombier, me stoppe devant la maisonnette de feu Katkarre. La grand-mère gâteuse est toujours installée devant la porte, trempée jusqu'au squelette.

Je demande au pétaradeux de m'aider et nous la rentrons dans le logis.

— Y'a quelqu'un ? m'enquiers-je à pleine et belle voix.

N'obtenant pas de réponse, je me dirige vers la pièce hautement contiguë. La fraîche veuve est en train de se faire trousser par M. le maire, revenu catimineusement après ses fustigations à mon endroit.

Tristet dans la copulation, l'édile. Un peureux dans son genre, puisqu'il ne s'est point totalement séparé de son pantalon et que celui-ci lui enserre les chevilles. Fesses blafardes, de bleu veinées, et mal velues. Le tricot de corps inchangé depuis les dernières élections municipales, la chemise retroussée, le gilet idem, de même que le veston dont le pan lui remonte à la nuque. Il ne besogne pas magistratement, le premier magistral de la commune, mais par petites saccades sans préalable de mammifère herbivore. Il ne trousse pas foncièrement mais s'assure. On le dirait en doute de jonction. D'ailleurs, il porte fréquemment la main à son sexe pour vérifier qu'il est toujours là et en fermeté convenable pour mener à bien.

Il émet un sombre cri migrateur, m'sieur le maire en cours de limage. Un cri qui évoque des récifs détrempés. Il fait grouïïï grouïïï, avec ses petites tremblées du cul miséreuses. Il a le paf ricocheur. La fornication désemparée. Il s'en va à vau-le foutre. Il achemine du zob, mornement, et son désir brandonne si tant tellement que tu lui soufflerais volontiers au cul pour l'exalter.

Le petit motard regarde de tous ses deux grands yeux naïfs à hurler et me dit à l'oreille :

— C'est not'maire.

— Je sais, réponds-je. Mais j'espère qu'il gère les affaires communales mieux qu'il ne brosse, car tu vois, fiston, c'est cela, mal baiser.

— Ah, oui, m'sieur ? s'étonne le chevaucheur de centimètres cubes (les meilleurs après les centimètres carrés), garçon con mais docile, apte aux enseignements élémentaires pour peu qu'ils fussent appris sur le vif.

— On ne fait pas reluire une dame de cette manière désordonnée et inquiète, mon ami. Vois comme ce monsieur embroque malencontreusement, sans fougue ni envol. Constate à quel point il manque d'assurance pour se contrôler le nœud à tout bout de champ, comme un chauffeur de vieux taxi vérifie qu'il est bien en prise tant la lenteur de son véhicule le trouble. Ce personnage éminent ne fait pas l'amour : il baisouille. Son sexe balbutie, comprends-tu ? Fais-en ton profit, mon jeune camarade, prends toujours possession d'une dame avec détermination, sans barguigner. Dis-toi que la bandaison va de soi, et qu'il n'y faut plus songer lorsqu'elle est en chemin. Laisse-la aller : elle connaît le parcours si toi tu l'ignores. Depuis bien avant le paléolithique, une queue mâle sait le mécanisme de l'engendrement. Personne n'a appris au bourgeon à s'ouvrir pour produire des feuilles ; il en va de même de l'espèce humaine. Le gus se complique la vie par des doutes qui lui perturbent le cerveau. Il parvient à force de trop se mettre en cause à détraquer une merveille que le créateur voulait indétraquable. Et c'est sacrilège, mon cher petit motard.

Dès lors que je termine ce solennel avertissement, monsieur le maire *take son foot* en reproduisant *in extenso* le glapissement sauvage d'un goal venant de stopper un pénalty avec ses testicules. Un machin qui fait approximativement : « Mvouaaaaa ». Oh ! la belle bleue ! Vive monsieur le maire ! Et la fête continue !

Il reste affalé sur sa partenaire qui tente de le désarçonner en s'hissant sur un coude, première manœuvre. Elle n'y parvient pas, mais le mouvement lui permet de nous découvrir.

— Ben, qu'est-ce voulez, vous deux ? interroge-t -elle.

Sa demande amène une vive réaction de son préfacier (ne vient-il pas de lui faire une introduction ?) qui bondit tant si fort que le voilà écroulé sur la carpette, les cannes bloquées par son grimpant. Et de nous regarder indiciblement, le pauvre, une situation comme la sienne, maire, père, conseiller général, président de ceci cela, chevalier de cela-ceci, membre de ça, ça et ça, tout bien, très confortable, homologué super, lu et approuvé par une population bretonnante, béni par le clergé et donc par Jésus-Christ notre sauveur, si beau avec ses grands yeux tristes. Et donc il me voit, me reconnaît, m'appréhende. Il se dit que, bon, très bien, moi y'en a fonctionnaire naguère pris par lui en même posture, donnant donnant, je t'oublie tu m'oublies, seulement voilà, y'a le fils Bugnazal, ce petit trou du cul de garçon boucher, et qui va répandre dans le pays, la contrée, la Bretagne tout entière de Dunkerque à Tamanrasset (il est cocu le chef d'Hoggar). Il va causer, ce bougre de merderie de chiasse de garnement pétaradeur. Raconter, le maire, son pantalon descendu, son pauvre cul blafard veiné de bleu comme le cou d'une jouvencelle lymphatique, sa bibite inglorieuse, ses petits soubresauts de coïteur indécis. Et ce sera le tollé, la franche marrade collective, l'indignance en foyers bien pensants, les quolibets abjects, les pouffades sur son passage. La fin d'une sublime et perbe carrière. Alors il se met à cogner du poing, très fort, très vite sur le plancher, m'sieur le maire. Il crie : « Ah ! non, non, non, nom de Dieu ! »

Refuse la réalité, cherche comment il pourrait faire mourir tout de suite le fils Dugenou sans l'assassiner de ses propres mains. Qu'il doit bien exister un moyen dans les cas désespérés, quand il y a raison d'Etat ! Ce serait trop stupide.

Il se lève, se calfeutre l'entresol, remise son service à asperges dans son vieux canosse cradingue-puisque-ça-se-voit-pas. Et il marche courageusement vers ce terrible petit enculé de témoin de merde pour le neutraliser coûte que coûte. Lui promet une situation mirifique à la mairie, la Légion d'Honneur, la retraite des vieux, des sacoches à franges pour sa moto. Il ne sait plus à qui ni quoi se vouer. Il implore la veuve Katkarre.

— Fais quelque chose, explique-lui, suce-le, offre-nous un verre de calva, des biscuits...

Dans la pièce voisine, la vieille grand-mère tousse comme une épidémie de grippe texanne.

Le maire veut tout lui offrir à mon motard moutard. Il va le faire entrer au conseil municipal. Lui achètera une boucherie. S'il n'a plus de grand-mère, il lui propose celle de la cuisine, si sagement gâteuse ; tu la rentres, tu la sors. Un bol de soupe de temps à autre. De la personne facile. Pourvu qu'elle ait un chapelet entre les doigts, elle fait chier personne. S'il pleut trop fort ou si elle pisse sous elle, on la met à sécher près du fourneau. La pure aubaine. La veuve Katkarre en a plus besoin. D'abord c'était celle de son mari. Elle est disponible, la chère vieillarde. C'est un lot, c'est une affaire.

Je le laisse convaincre son jeune administré. Je sais qu'il n'y a RIEN à espérer. Un mec, quel qu'il soit, fumelard de vocation ou preux chevalier, quand il a assisté à une scène pareille, tu peux le menacer de mort ou lui offrir l'Elysée, il la raconte. Point à la ligne. Et ce sera commak tant qu'il y aura des hommes pour raconter aux hommes les turpitudes des hommes. Et il le comprend bien, ce pauvre maire désespéré, halluciné de trop désespérer. Il embrasse le garçon boucher sur les joues, la bouche. Lui pleure contre. Lui cause de la Résistance, du général de Gaulle, de la gloire de la Bretagne. Il tombe à genoux implorer Notre-Dame de Chose-Machin, patronne des bistrots et des pêcheurs. Et saint Troudeballe, si efficace contre les gerçures. Lui promet d'aller à pied en pèlerinage jusqu'au calvaire de la Croix Dévac'h, à la limite du département, là que Du Guesclin a eu cette rencontre historique avec Winston Churchill et Charles V.

Je biche la belle blonde par une aile et l'entraîne dans la cuistance.

— J'ai à vous parler, ce matin nous avons été interrompus.

Elle me mate en souriant mystérieusement.

Ah, le mystère féminin, qui n'est bien souvent que la conséquence d'une migraine ou de troubles digestifs.

— C'était meilleur avec vous qu'avec ce vieux dégueulasse, me complimente-t-elle.

— Merci, dis-je, j'avais la fatuité de le croire avant que vous ne me le confirmassiez. Mais je ne suis pas revenu pour parler de votre admirable clitoris, ma chérie, bien que je sois disposé à lui consacrer douze chapitres de mes mémoires lorsque je les rédigerai.

— Alors, de quoi que vous voulez qu'on cause ?

La grand-mère entrecoupe sa toux d'éternuements véhéments.

— Ne serait-il pas opportun de changer cette chère femme qui a reçu l'essentiel de l'orage ? suggéré-je.

La veuvasse hausse les épaules :

— Pensez-vous, elle a l'habitude. Quand Jean-Yves est aux grandes pêches, je reste des fois trois ou quatre jours sans la rentrer. Elle est solide, vous savez.

— Cependant elle tousse ?

— Elle était déjà enrhumée avant.

Rassuré sur le sort de la nonagénaire, je reviens presto à mes moutons.

— A propos de pêches, je me suis laissé dire qu'il feignassait pas mal, votre Jean-Yves ? Il traquait davantage le hareng au café de la Marine que sur les bancs de Terre-Neuve.

— Ça c'est vrai, il tournait saoulot, admet la jeune dame.

— Quelle est votre prénom, cher ange ?

— On me dit Tête d'or, fait-elle non sans légitime coquetterie.

— Et c'est très bien dit, renchéris-je. D'autant que s'il y a de l'or sur cette tête, je devine pas mal de jugeote à l'intérieur. La façon habile dont vous m'avez accusé de viol, ce matin, quand on nous a surpris enlacés, en dit long sur votre esprit d'à-propos.

— Fallait bien, s'excuse-t-elle.

— Naturellement, une réputation ça se défend. Eh bien, ma ravissante Tête d'or, vous allez tout me dire sur l'existence de votre défunt époux. Vous n'avez pas été sans constater qu'elle s'était modifiée ces derniers temps.

— C'est juste.

— Je voudrais connaître le fond de votre pensée, mon beau cœur flambant.

Elle me regarde de traviole. Inquiète, se rappelant fort à propos que tout baiseur que je suis j'appartiens à la police et que la police est une plaie démangeante pour qui la subit.

— Pourquoi que vous me demandez cela ?

— Parce que j'ai la preuve que votre cher cocu a été assassiné, ma belle !

Là, elle sidère, la donzelle. V'là un drôle de vilain mot qui passe mal dans ses cages à miel.

— Quouâ ! fait-elle.

— Oui, ma chère madame. On l'a noyé volontairement. Si vous ne me dites pas spontanément ici tout ce que vous savez, un juge d'instruction moins bien membré que moi vous l'arrachera avec des pincettes, jour après jour dans le silence de son cabinet, en présence d'un greffier chauve et puant de la gueule. A vous de décider...

Elle frissonne.

— Mais vous dire quoi ? Je ne sais rien… Et savoir quoi, d'ailleurs ?

Je ne puis m'empêcher de glisser ma main cajoleuse dans son corsage pour lui flatter les deux frères Lumière. Il s'agit là d'un geste apaisant qui incite à la confiance.

Quand tu touches une femme, ça la touche, j'ai remarqué. Surtout si tu agis en grande délicatesse, pas soudard, dard tout court. La paluche rédemptrice. Tu ajoutes un léger sourire mystique, voltigeur, papillonneur, riche de promesses. Et tout se passe bien. T'es compris, reçu cinq sur cinq, admis, logé, nourri, pompé, tout bien.

— Je vais te dire, ma blondinette, une femme aussi futée que toi remarque tout, surtout en ce qui concerne ses ultra-proches. Moi, je sens, je sais que ton Jean-Yves a eu sa vie modifiée ces derniers temps ; quelque chose s'est produit, mais quoi ? Je trouverai, avec ou sans ton concours.

Elle hésite, regarde la vieille gâteuse toujours affalée dans son fauteuil, et qui ruisselle.

Puis elle soupire et murmure :

— Regardez donc ce fusil d'un peu près !

L'arme est un vieux flingue de chasse à la crosse écaillée. Il est accroché à un clou, au-dessus de la cheminée. Je vais le dépendre et je commence par faire basculer le canon. Aucune cartouche ne s'y trouve engagée, cependant un corps étranger obstrue l'un des deux tubes d'acier bleui. La môme « Tête d'Or » me présente une brosse ronde à long manche flexible qui sert à nettoyer l'intérieur du double canon. J'engage la brosse par un bout et je pousse. Un rouleau de papier journal tombe sur le carrelage. Je le défais et j'ai la stupeur de trouver à l'intérieur, roulée serrée, une liasse de billets de cinq cents points. Je pose le fusil sur la table et entreprends de compter l'artiche. Cinquante papiers. Cinquante fois cinq cents, cela donne vingt-cinq mille, pas besoin d'être finaliste des chiffres z'et des lettres pour savoir ça.

— Ses économies ? demandé-je en souriant.

Elle secoue la tête.

— Il n'avait pas un sou devant lui.

— Comment avez-vous découvert cette planque ?

— Je l'ai vu quand il a caché les billets.

— Il y a longtemps ?

— Une petite semaine.

— Vous avez fait allusion à la chose ?

— Oh, non, il aurait planqué son fric ailleurs. C'est une nuit, il croyait que je dormais. Il s'est relevé. L'argent se trouvait dans ses poches, c'est le bruit du papier qui m'a réveillée. J'ai risqué un œil pendant qu'il les enfilait dans son fusil...

Je dépose la liasse sur la table, près de l'arme.

— Intéressant. Quoi d'autre ?

— Hier soir, on était au lit, quelqu'un est venu cogner à nos volets. Jean-Yves a demandé qui c'était. Une voix a répondu « c'est moi ».

— Une voix d'homme ?

— Oui.

— Vous l'avez reconnue ?

— Non. Mais c'était une voix assez pointue.

— Qu'appelez-vous pointue ?

— Un peu, j'sais pas... parigote, si vous voyez ce que je veux dire. Pas le parler d'ici, en tout cas. Le bonhomme a dit : « c'est mouâ », vous comprenez ?

— Ensuite ?

— Mon mari s'est levé, il a enfilé son pantalon et il est sorti. Ils ont causé très peu de temps. J'ai pas entendu ce qu'ils se disaient. Jean-Yves est revenu se coucher, mais avant d'éteindre, il a remonté la sonnerie du réveil et l'a mise sur trois heures.

— Vous ne l'avez pas questionné ?

— Si, je lui ai demandé qui c'était qu'était venu l'appeler...

— Réponse ?

— Il a dit : « c'est un de mes gars ». Mais je savais bien que non, ses gars ne disent pas « c'est mouâ ».

— Et ce matin ?

— Ben, le réveil a sonné, mais il était déjà debout, à se préparer du café. Je suis sûr qu'il ne s'était pas rendormi.

— Ça marchait comment, vous deux ?

— J'aimais bien quand il partait aux grandes pêches, seulement depuis un certain temps il avait cessé de naviguer, alors je l'avais sur le dos et il m'horripilait avec son caractère de cochon.

— Vous pensez qu'il avait des ennuis ?

— Lui ? Quelle idée !

— On raconte que vous couchez volontiers, il aurait pu apprendre la chose et réagir, des tas de maris ne sont pas prêteurs malgré la liberté des mœurs actuelle.

Tête d'Or hausse ses jolies épaules.

— Pff, Jean-Yves savait bien que je flirtais avec des hommes.

J'adore les euphémismes et ici, le mot « flirter » en constitue un de première, compte tenu du fait que je me suis embourbé Madame comme tu prends de l'aspirine et que m'sieur le maire en a fait autant quelques heures plus tard.

— Il admettait bien la chose ?

— Pff, au début, il n'était pas des plus contents, mais petit à petit...

On s'habitue à tout. L'homme, c'est ça sa véritable

force : la faculté d'adaptation. Ses révoltes s'apaisent et il est doucement vaincu par la tolérance.

— Vous avez une quelconque idée de ce qu'il mijotait, ces derniers temps ?

— Ah non ; ça alors, non !

C'est parti spontanément. Et c'est brûlant de sincérité impétueuse.

— Curieux qu'il ait engrangé tout ce fric et qu'on vienne l'appeler en pleine nuit. A propos, quelle heure était-il ?

— Pas loin de minuit.

— Ce matin, quand il est parti, beaucoup plus tôt que d'ordinaire, il ne vous a rien dit ?

— Non, mais c'était pas le genre d'hommes à fournir des explications, vous savez. Il vivait sa vie. Il me demandait de fermer ma gueule et de lui réparer ses filets, de cuire sa soupe et, de temps en temps, de lui vider les couilles. Le reste...

— Pourquoi répariez-vous ses filets puisqu'il ne pêchait pas ?

— Il ne pêchait pas, mais il prétendait chaque jour qu'il allait repartir incessamment, pour se donner bonne conscience, je suppose.

— Vous ne voyez rien de plus à m'apprendre ?

— Non, franchement.

Elle me file la main sur le bigoudi chauffant, en camarade, me le triture artistiquement pour lui donner une forme flatteuse et soupire :

— Vous reviendrez me voir ?

— Naturellement.

— Ce matin, ça m'a bien plu, avec vous, vous savez.

— Très flatté, ma chérie, cela dit, la compagnie ne va pas vous manquer, surtout à présent que vous voilà veuve.

Elle rit à des lendemains hérissés de queues vigoureuses.

— Oui, c'est sûr, mais j'ai mes têtes.

Je m'abstiens de lui demander de quelles têtes il s'agit.

— Dites, puisque vous êtes policier...

— Eh bien ?

— Pour cet argent, vous croyez que je peux le garder ?

— Bien sûr, à moins que nous ne découvrions qu'il l'avait volé.

Alors là, elle sursaute.

— Mince, pour qui vous le prenez ! C'était un pêcheur, pas un pilpoquette.

— Un pêcheur qui ne pêche plus peut être amené à pécher, ricané-je bassement.

Là-dessus, je la quitte pour aller récupérer mon véhiculeur. Il est en grand ramdam avec son maire, le tocycliste. Ce tordu de premier-magistrat-de-la-commune lui a ouvert des horizons au jeunet, nonobstant la connerie congénitale d'icelui. Pas psychologue, m'sieur le maire. Au lieu de supplier, de vouloir acheter coûte que coûte le silence du louchébem, il aurait dû chiquer l'indifférence ; voire même faire du triomphalisme sexuel. Le côté : hein, p'tiot, t'as vu que ton maire est pas feignant du coup de rein ? Tu pourras le dire qu'il a encore des réserves. En témoigner bien partout de sa vigueur, et qu'une jeunette lui fait pas peur. Il aurait adopté cette attitude, il craignait rien, le cher homme. Mais au lieu de, ce connard chiale dans le giron du jeune homme. Il continue de le soudoyer à bloc. Quand je reviens, il en est aux ultimes arguments. Il lui dit comme quoi il est donneur de sang, m'sieur le maire, toujours à prêcher l'exemple. Alors il va lui en refiler une réserve pour le dépanner, en cas d'accident, vu qu'il est donneur universel ; avec lui c'est tout bon. Un motocycliste, faut qu'il prévoie. C'est tant tellement dangereux ces engins, Nagasaki ne profite jamais. Un jour ou l'autre tu te fraises la gueule contre un pylône. Et alors ton beau raisin part au ruisseau. Il aurait un petit bidon de rechange à dispose, ce serait pas plus con qu'aut'chose, non ? La vie sauve, il lui propose, ni plus ni moins. Un litre, il va lui offrir, non ? Deux, alors ; mais il peut pas faire mieux aujourd'hui, il a des chantiers municipaux à visiter. Non, encore ? Mais tonnerre de Brest (justement) il veut quoi, cet enfant de garce ? Hein ? Il traînasse quoi donc dans sa tête de débile profond, le désosseur de ruminants ? Il entend aboutir à quoi ? Qu'il cause à la fin, ce brûleur d'hydrocarbure.

Et le petit copain, ainsi supplié, parle enfin.

— Ce qu'je voudrais, ça serait une photo de vous, m'sieur l'maire.

L'édile en est estomaqué. Il proposait la lune et on n'espérait que sa photo ! Il voulait verser son sang alors que son portrait suffisait.

Il pompe un grand volume d'oxygène qui se trouvait à sa portée et balbutie :

— Mais ce sera avec plaisir, mon petit. Ma photo ? Mais je ne demande pas mieux. J'en ai une qui me représente en maire, avec l'écharpe format 18 × 24, je vais te l'offrir, et avec une belle dédicace encore. Et même je demanderai à Croisidec, le photographe, de te l'encadrer, tu préfères un cadre en bois ou en cuir, mon grand garçon ?

Mon tocycliste secoue la tête.

— Dérangez-vous pas, m'sieur l'maire, cette photo, c'est moi que je vais la prendre, j'ai mon appareil dans ma sacoche. Je la veux vous avec le pantalon baissé, comme t't'à l'heure. Et la blonde qui vous bricole le zizi. C'sera un souvenir, comprenez-vous ?

Du coup, le père maire se fâche.

— Non, mais dis donc, espèce de dégueulasse, misérable, maître chanteur ! Vous êtes témoin, commissaire ? Vous allez m'arrêter cette vermine immédiatement. En ma qualité de chef de la police de cette ville, je vous donne l'ordre. Les menottes ! Tout de suite !

Le garçon boucher se tourne vers moi, poignets offerts, sourire aux lèvres.

— Allons-y, monsieur le commissaire, arrêtez-moi. Je prends comme avocat maître Craimelin, le secrétaire de la section communisse ; et vous serez gentil de témogner puisque vous êtes sermenté, en tant que flic.

— Attendez ! Ne l'arrêtez pas, je retire ma plainte ! clame le maire. Bénéfice de l'âge. Il faut laisser sa chance à notre chère jeunesse, fleuron de notre race, espoir de demain, force vive de la Grande Nation qui...

Je tapote l'épaule désarticulée du malheureux.

— Voulez-vous que je vous dise, monsieur le maire ? Vous êtes un vieux con.

— Comment ! s'étrangle l'édile.

— Comme ça, réponds-je. On a fait sauter le phare de la Pointe du Chaz, et une seule personne ignore la chose dans cette commune : celui qui a la charge de la gérer. Pourquoi ? Parce que abusant de son pouvoir il vient malbaiser une pauvre jeune veuve sans autre ressources que ses fesses !

Il va de consternation en épouvante, le m'sieur maire.

— Qu'est-ce que vous dites ? Le phare !

— N'est plus un phare mais des ruines à visiter, cher monsieur. Votre absence sur les lieux est très remarquée. Vous ne pouvez savoir combien certaines absences s'imposent davantage que certaines présences. Allez, tu viens, l'artiste ? fais-je au tocycliste.

On défoudre... Rammm, rrrrammm !

— Qu'aurais-tu fait de la photo, si tu l'avais prise ? demandé-je, manière de compléter mon dossier sur la nature humaine.

Le garçon boucher me répond, avec nostalgie :

— Une affiche !

***

Le bateau se nomme *L'Intrépide,* et crois-moi, il n'a pas volé son blaze.

Intrépide, il faut l'être pour affronter la mer dans ces conditions. Maumau Bidick, le mataf qui le drive, est un jeune gars au regard féroce, bâti comme un récif. Il passe, dans le pays, pour être Neptune en personne. La tempête est son amie et il croule sous le poids des médailles de sauvetage.

Accoudé au plat-bord, Bérurier offre aux mouettes insatiables un déjeuner très conséquent qui eût assuré les calories nécessaires à la survie du Biafra (dont on ne parle plus guère parce que ça coupe l'appétit) pendant une semaine.

Dégoûté, et il a toutes les excuses pour, Le Guennec se détourne.

Il est plein de considération pour moi, depuis que l'analyse de l'eau prélevée dans la piscaille du ministre a prouvé qu'elle était identique à celle trouvée dans les poumons de Katkarre.

On embarque des paquets de mer, comme il est écrit dans les bouquins de M. Farrère (le bien Loti). Notre embarcation semble dérisoire dans cette tempête, avec ces creux de merde. On dévale des abîmes, on en ressort pour bondir dans le ciel, et puis on roule, on tangue, on se trempe, on claque des dents, on prie en douce, on hait le sel, on cligne des yeux, on se refoule des besoins dégueulatoires. La solution de Bérurier, simpliste au demeurant, est la plus négative. Maumau Bidick se marre comme un follingue qu'il est. Le seul capable de sortir par gros temps et d'avoir le culot de mettre le cap sur l'île de Nichemar'h.

Le Guennec m'exhortait à renoncer.

— Vous êtes parisien, monsieur le commissaire, vous ne vous rendez pas compte exactement de l'état de la mer...

Je l'ai regardé.

— Si vous avez les jetons, mon vieux, je ne vous force pas...

Alors il est monté parce qu'un Breton, jamais tu le verras passer pour un dégonflé.

Et maintenant, vogue la galère. Prétendre que je ne regrette pas serait mensonge. Je me dis ardemment que j'aurais dû rester devant mon Dubonnet. Mais le devoir commande. Les communications téléphoniques étant coupées avec l'île, j'ai décidé de m'y rendre sans plus tarder. Car on n'a plus revu le seigneur Tango à Ploumanac'h Vermoh. Et son barlu n'a pas fait retour non plus.

— Ça boume, Le Guennec ?

— Il m'est arrivé de faire de meilleures traversées, répond l'officier de police avec mauvaise humeur.

Le moteur râle. Béru idem. C'est un concours farouche de borborygmes. Un duel au finish estomac-runabout. A celui qui crachera le plus épais.

Maumau Bidick chante un machin local, paroles et musique du Barde Delar'r, que ça cause du gaillard d'avant, et pare à virer, tout ça, cap sur les alizés, en avant toute, et autres ; le big folklore non écrémé, maritime, bretonnant. Vive la morue ! Il a de la santé et la manière de s'en servir, le frère-pêcheur. Tu parles d'une partie de canotage au Bois de Boulogne !

Bon, y'a qu'a, hein ? En attendant.

Pour tromper ma pétoche, je pense à l'affaire. L'ami Katkarre, bourré d'oseille tout soudain. Et de l'osier bizarre puisqu'il le planque dans le canon de son flingue, au lieu de le déposer à sa banque. Quelqu'un est venu le chercher cette nuit. Quelqu'un qui « parlait pointu », a prétendu sa bergère. « C'est mouâ ». Ça lui a choqué les feuilles, à Tête d'or, ce « c'est mouâ ».

Je me lève comme je peux pour gagner la barre en réprimant les pires embardées.

— Hé, dites donc, Maumau.

Faut glapir pour se faire entendre par-dessus le mugissement des flots, ceux pires encore de Béru et du moteur.

— Oui ?

— Vous connaissez quelqu'un à Ploumanac'h, qui ait l'accent parisien ?

— L'accent parisien, c'est quoi ? il demande Maumau Bidick.

— Par exemple, un Parisien pour dire « C'est moi », dit « c'est mouâ ».

Le pilote se penche pour laisser déferler un nouveau paxif d'embruns à travers ma frime.

— Non, je vois pas. A part Tanguy Liauradéshome qui habite Paris depuis vingt ans...

Tango ! Toujours lui. Tango qui a cassé la gueule du commandant hier et qui serait allé le tirer des toiles sur le coup de minuit. Tu trouves ça logique, técolle ?

Tu t'en fous, hein ?

— Nom de Dieu ! hurle soudain Maumau Bidick. Regardez ce que vous me faites faire avec vos conneries !

Je regarde.

Je vois rien, parce que je vois trop. A moins de cent mètres (j'sais pas comment on dit ça en langage maritime) se dresse une formidable masse noire. Elle se dégage de la brume, de l'écume, de l'incessante barrière d'eau toujours dressée, toujours écroulée et debout de nouveau. Un barlu. Formide, kolossal ! On s'y précipite. Le Maumau file toute la barre à droite. Il engage à bloc les manettes de gaz. Mais on vire molo, trop dans le sirop. La masse se précipite à notre rencontre.

Le barde avait raison, les gars : l'Apocalypse est commencée.

CHAPITR SEPT

Jeanneton prit sa faucille...
la rirette, la rirette

— Sautons ! crie Le Guennec.

— Ça passe ! rectifie Maumau Bidick.

On aurait voulu sauter, on se serait fait torchonner de première. Là, on est soulevés de mer et portés à des zéniths : le remous du navire qui nous a captés et nous valdingue. Tout autre que notre pilote n'aurait rien pu faire. Lui, si. Parce que Maumau, c'est l'as des as, le suprême, le king. Il a un self-contrôle fantastique. Les manœuvres qu'il procède, impossible de te les décomposer, car mézigue je n'ai que le permis A. Mais c'est du tout grand art. De la maestria, si tu veux qu'on sorte des termes adéquats et concomittants. Je sais qu'à une seconde donnée, il a foutu au point mort. Je me rappelle ensuite d'un saut vertigineux dans le fluide. Puis d'un rush formide de son barlu. Et la masse sombre a paru s'écarter de nous autres, nous livrer passage. Et on s'est retrouvé aux prises avec l'océan houleux. On a pris du champ, considéré la masse effroyable de ce gigantesque pétrolier gris sombre. Un drapeau rouge à sa poupe. Le drapeau soviétique, frappé de la faucille et du marteau, en jaune doré. Des matafs s'affairaient sur le pont infini. Ils ne nous prêtaient pas la moindre attention.

La brume se faisait de plus en plus épaisse.

On est restés un moment la bouche cousue, à se récupérer les pensées, à se décoincer l'anus brusquement soudé par la trouillance. Y'avait que Maumau qui chantonnait comme à une partie de pêche.

— Eh ben, mon vieux, a résumé le sagace Bérurier.

On n'a rien ajouté de plus. On ne trouvait pas, n'en éprouvions pas le besoin.

Simplement, notre pilote a déclaré :

— M'étonnerait qu'on puisse rentrer ce soir si la brume continue de s'épaissir pareillement. Il faudra coucher à Nichemar'h.

On était prêts à pieuter n'importe où ; tu parles !

***

L'île de Nichemar'h, seules les cartes détaillées en causent, vu qu'elle ne mesure qu'un kilomètre et demi de long sur un de large. Elle est particulièrement verdoyante, à cause du cousin germain du Gulf Stream qui passe à moins de vingt-cinq centimètres de ses côtes. L'on y élève les meilleures vaches laitières du monde et de ses dominions. Y pousse un arbre unique en son genre : le tintouin, au bois légèrement ambré, célèbre pour sa résonance harmonieuse. Il sert à confectionner des castagnettes. La plupart des gens s'imaginent que les castagnettes sont fabriquées en Espagne. Quelle erreur. Celles qu'on vend aux touristes-conkodaks sans doute, mais les castagnettes de concert proviennent toutes de Nichemar'h. La troisième ressource (thermale) de l'île réside dans l'élevage de la langouste à pinces que les Danois appellent humer, variété des plus rares, à la carapace bleutée.

C'est donc dire que l'îlette de Nichemar'h est

prospère. Grâce à son beurre, à ses castagnettes et à ses langoustes à pinces, elle peut se permettre d'avoir un maire chiraquien et un caré lefèvrien, plus les trois chaînes couleur et une piscine chauffée.

L'unique port de l'île est enchanteur, voilà, le mot est lâché.

Protégé par une baie naturelle, il est bordé de ravissantes maisons blanches, aux volets bleus et aux toits d'ardoises. Tu te croirais ailleurs. C'est au point qu'en abordant, on se demande ce qu'on vient faire ici.

L'île comporte cent vingt-deux habitants et demi (il s'y trouve un homme rendu tronc par un treuil malencontreux — la mer rit de mon treuil).

Quelques coquets magasins : Céline, Cartier, Dior, Saint-Laurent, fermés en cette basse saison, plus une épicerie-buvette. C'est à icelle que nous nous rendons, toute affaire cessante, aussitôt qu'amarrés à une bitte grosse commak.

La tenancière est une dame âgée, avec les cheveux teints en bleu-clématite, et une couche de fards plus épaisse que le crépi de son établissement. C'est la vieille bourlingueuse en retraite, pompeuse de matafs à Amsterdam, virago de bar à Abidjan, épongeuse d'épaves à Sydney, repue, fanée, battue, échappée de véroles exotiques, qui eut des amants meurtriers, qui se voûta dans les cyclones, et puis revint d'où elle était partie, revint pour s'y regarder mourir en buvant le dernier, l'avant-dernier, l'antépénultième et les autres à la santé de son cul hors d'usage et de ceux qui s'y fourvoyèrent un instant. Revint pour contempler sa terre d'accueil, près de l'église, là où son père, sa mère l'attendaient peinardos de tous leurs os apitoyés.

La chère brave femme, la chère vieille vieille, tout embourrasquée encore, et moisissante déjà dans ses remugles de foutre mal torché, chère chérie d'hommes, à tout jamais coquette, à toujours salope. O salope à user les instants ! O digne salope ! O sainte salope que nous devons vénérer, et louer, et sanctifier de notre respect. Salopissime dame, ma gentille, ma petite fille mal guérie ; donne à boire pêle-mêle le rhum et ton passé.

Je lui ris de tout mon être, un grand rire frère-z'humain, qu'elle reçoit, et comprend, et qui la rend heureuse l'espace de mes trente-deux dents, montrées et ravalées.

La voici en plein été. Elle se regarde. Elle me rit aussi, de ses trente-deux dents qu'elle dépose pieusement, le soir venu, dans le verre où l'on mettra à tremper un jour le rameau de buis chargé d'embénir sa dépouille.

— D'où vous v'nez, les gars, par ce temps de merde ?

— Ben, du continent, répond Maumau Bidick qu'elle connaît bien, mais elle avait besoin qu'on lui confirme.

— T'as des chambres, j'espère, Trutrude ?

— Faudra vous tasser, les gars, je mettrai des matelas par terre car l'une des trois que je possède est occupée pour une girle-scout.

Elle est joyce d'avoir du monde. Elle a la voix embrumée par l'alcool et le tabac. La voici qui allume une cigarette d'un geste voyou.

— Vous bouffez ici ?

Bérurier, passionné par la question, s'approche vivement.

— Vous auriez-t-il les moiliens d'nous faire une omelette aux œufs, dans vot' gourbi, la mère ?

Elle se marre.

— Qu'il est con, ce gros-là ! On voit que tu ne connais pas la tambouille à la mère Trutrude, mon révérend. Tu sais, j'ai été pendant quinze piges la gagneuse à Firmin-bout-du-monde. Et césigue, tu lui faisais pas son frichti avec les conserves Amieux.

Elle chausse son nez de besicles coquettes, empare un crayon et un petit bloc Cinzano (je te dis Cinzano, mais j'en ai rien à branler, tu peux remplacer par Dubonnet ou le vouisky Cuty-Moncul si ça te chante, c'est toujours le même cierge qui coule).

— Voilà le menu que je vous propose, les gars...

Elle suçote la pointe de son moignon de crayon, comme jadis les mignons zobs des collégiens en risque.

— Je vais vous démarrer par des homards à la nage. Ensuite, je vois un petit poulet à la crème citronnée, garni de riz aux truffes ; ensuite la pièce de beuf persillée avec des pommes de terre cuites dans leur sel et puis fromage et ambassadeur. A moins que vous préfèreriassiez des œufs à la neige ?

Béru la prend dans ses bras.

— Trutrude, je t'aime !

Nous célébrons par une tournée de scotch, après quoi elle nous indique la maison qu'habite le frère de Tanguy Liauradéshomme.

Et bon, j'y vais seul pendant que mes compagnons déclenchent la ripaille.

***

Précisément, il est troueur de castagnettes, le frelot à Tanguy. C'est lui qui perce les trous dans chaque castagnette pour qu'on puisse passer le cordonnet qui unit les deux parties. Travail minutieux car il faut une symétrie absolue pour obtenir un parfait castagnettage, pas que ça dérape le moins, toujours bien bord à bord pour le tagadagada, une erreur d'un millimètre, et t'obtiens tagâdagâda, nuance ; pour lors la Conchita ça lui déroute son flamenco, elle enchaîne sur la valse des patineurs.

Alors, donc Julien Liauradéshome, il est troueur diplômé de l'école de danse de Madrid où il a dû suivre un stage. C'est sérieux la castagnette de concert, faut pas chariboter.

Il s'agit d'un grand type qui ressemble de loin à son aîné ; comme s'il avait été conçu par téléphone. L'air sérieux, pondéré. Boulot-boulot. L'épargnant type. C'est pour lui le petit Écureuil.

Il a des favoris bas et fournis, marqués de roux, comme deux grands bœufs dans l'étable à Pierre Dupont, et un regard bigleux de perpétuel perceur de trous.

Il me regarde sans enthousiasme ni déplaisir.

— Je suis le nouveau commissaire de police de Ploumanac'h Vermoh.

— Enchanté.

L'enchantage se fait communément chez les gens modestes. Ils s'enchantent d'un rien.

— Je viens à propos de votre frère.

Là, il prend une tronche indicible, symbole de constipation chronique poussée dans ses ultimes retranchements.

— Tiens donc ! Ah, celui-là, soupire-t-il.

Sa longue blouse grise lui donne un aspect scolaire. Il fait pion d'internat religieux.

— Je crois savoir que vous avez eu sa visite, aujourd'hui ?

La surprise épointe son regard.

— La visite de Tanguy ? Mais cela fait plus de douze ans que je ne l'ai pas vu, et encore était-ce dans *Ouest France*.

— Il s'est pourtant embarqué ce matin, très tôt, de

Ploumanac'h en déclarant qu'il venait vous rendre visite.

— Du boniment, commissaire. D'abord il n'habite pas Ploumanac'h, mais Paris.

— Depuis quelques jours il est de retour au pays, j'ai déjà eu affaire à lui.

Cette affirmation semble le déconcerter quelque peu, mais il hausse les épaules.

— En tout cas il n'est pas venu chez moi. Demandez à ma femme, à mon ouvrier, aux voisins. Demandez au port...

Sur de telles entrefaites, sa bourgeoise rapplique. C'est une boulotte aspergée de taches de rousseur au regard hargneux de femme non convoitée.

— Qu'est-ce que c'est ? demande-t-elle d'une voix douanière.

L'époux troueur, tout péteux, balbutie des explications. La pécore vocifère qu'elle en a sa claque de sa belle-famille. Un gibier de potence comme beau-frère, merci bien. Qu'il a fallu s'expatrier dans cette île à la con, elle qui aimait les fastes de la grand-ville (elle est de Concarneau). Faire des enfants qui portent un nom de ganguestère, à la vôtre ! Et recevoir la visite de la police, c'est le comble de tout. Les gens vont apprendre. Il y aura des messes basses et on les montrera du doigt. On les accusera de tremper dans les sales combines du frangin pourri, eux, les perceurs de castagnettes d'élite. Ah ! mais non, il est pas venu, ce voyou. Et qu'heureusement pour lui, sinon elle l'aurait accueilli avec son plus grand coutelas de cuisine, cet abject, ce pendard. Bon, c'est tout ce que je voulais savoir ? Alors merci de ma visite et à une prochaine fois, faut que son mari il travaille, l'Espagne attend après lui, y'a des Andalouses qu'ont des fourmis dans les phalanges tant elles se trouvent en manque de castagnettes de concert. Bonsoir, monsieur.

Et je m'en vais, de mauvais gré, certes, mais proprement évicté par la donzelle, refoulé d'importance, mis à la rue.

Le vent tornade sur l'île comme à plaisir. Il te prend la grande haie de peupliers qui peuvent plier en effet, les drosse, les tord, les tresse. Et de mugir en déferlant des vagues monstrueuses sur Nichemar'h.

« Marrrins perrrdus z'en merrr », que chantait papa, au fond de mes jadis.

On la sent passer, la tornade blanche, espère. Le ciel calamiteux nous traîne dessus comme un édredon gris. C'est cataclysmique tout plein. Angoissant. On croit sentir la poudre à canon en même temps que l'iode et la portugaise attardée.

Dans le port, les barlus s'agitent tel un troupeau paniqué. Je vais à la Capitainerie au moment que les premières gouttes se mettent à tomber, épaisses comme des glaves ou des crottes de pigeon. J'y trouve un grand manchot fringué en surcouf qui téléphone à quelqu'un de sourd, ou alors la communication est à chier vue la manière qu'il tonitrue et s'impatiente, fait sonner des bordel de merde et autres.

Renonçant à communiquer, il raccroche à en décorner le bigophone.

Il me reconnaît, m'ayant aperçu lors de notre débarquement tout à l'heure. Ma bouille ne lui déplaît probablement pas car sa colère tombe devant moi comme un slip de dame.

— Bonjour, monsieur le commissaire ! il fait.

— Vous me connaissez donc, m'étonné-je en pressant ses cinq derniers doigts avec mes cinq premiers.

— Je viens d'aller prendre un verre chez la mère Trutrude...

Elle exagérait pas, la belle-sœur à Tango, en déclarant que ma visite allait leur valoir des ragots.

— Vous connaissez Tanguy Liauradéshome ? questionné-je.

— Le frère à Julien ? Je l'ai connu avant qu'il fasse toutes ces conneries, oui.

— Vous ne l'auriez pas aperçu dans l'île, aujourd'hui ?

Son expression me renseigne avant ses paroles.

— Putain, s'il fallait que je vous dise quand je l'ai vu pour la dernière fois, ça remonte à la nuit des temps ! En tout cas c'était pas aujourd'hui. A cause ?

— Il est parti de Ploumanac'h à quatre heures, ce matin, à bord d'un canot qu'il s'est fait prêter. Le nom de cette embarcation c'est le *Chibrock 2.*

— Pas vu, commissaire. Dites, vous avez du nouveau au sujet du phare ?

— Oui, dis-je, il est cassé en deux.

Et je m'hâte de le quitter pour rejoindre mes compagnons. Dans le fond, j'ai été mal inspiré d'affréter cette expédition alors qu'il se passe tant de trucs sur le continent. Quelle idée saugrenue m'a pris de venir en force sur cet îlot, simplement pour y demander des nouvelles de Tango ? Pensais-je l'y trouver et avoir de gros démêlés avec sa pomme ? Faudra que j'évite de suivre aveuglément mes impulsions, à l'avenir. Un peu de modestie, l'artiste ; ne crois pas toujours que tu détiens la science infuse et que ton instinct est infaillible. A preuve : cette équipée ne rime à rien. Elle n'aura pour conséquence qu'un gueuleton chez une vieille radasse reconvertie. Tandis qu'en face, des gens trucident à tout va. Ici c'est la paix sous la tornade. Les tintouiniers s'agitent dans le vent, produisant un bruit de... castagnettes. Les vaches ruminent l'herbe grasse et salée. Les langoustes à pinces ressemblent à des homards et attendent Thermidor dans leurs viviers.

La pluie y va de grand cœur. Un roulement de tambour. Je cours jusqu'au troquet enfumé. Un juke-box y sévit, balançant tous tympans des pleurardises de chanteurs émasculés. Ça sent l'alcool et le tabac. La vieille s'affaire, assistée pour l'apéro d'un demeuré qu'elle brutalise et qui rit, et qu'elle doit pogner un brin, de temps en temps, en remerciement de sa coopération.

Béru, le Guennec, Maumau Bidick en sont à la énième bouteille (au moins) de pouilly fumé. Ils flambent de la trogne, ces bons messieurs. Les naturels de l'endroit ne leur prêtent plus guère attention, et jouent aux dominos.

— Du nouveau, commissaire ? demande Le Guennec.

— Tango n'est pas venu voir son frère.

— Alors, où est-il ?

— Si vous me l'appreniez je vous dirais merci, réponds-je avec humeur.

— Vous croyez que le phare, c'est lui ?

Je ne réponds rien.

— Et que le meurtre de Katkarre, c'est également lui ?

Il est chiant, cézigue, avec ses questions à la mords-moi le bob. Je crois, je crois... Je ne crois rien, moi. J'envisage seulement. Je supporte. J'hypothèse. Ce qui me tracasse, c'est que tout ça est trop beau pour être vrai. Ça baigne trop dans la chantilly. Un malfrat comme Tanguy Liauradéshome se chicorne avec le commandant Katkarre et poum, ce dernier est trouvé trucidé le lendemain. Le même truand est un spécialiste de la nitroglycérine, et le phare de la Pointe du

Chaz explose. Un vrai cadeau pour flics sans complications.

La lourde de l'estaminet s'ouvre. Entrent une bourrasque et un julot en ciré jaune. Le gonzier refoule la bourrasque à l'extérieur, là qu'est sa place somme toute, et rabat sa capuche. Il s'agit du troueur auquel j'ai rendu visite : M. Frère. Je le vois ôter son ciré et regarder autour de lui d'un œil incertain. Pas comme s'il cherchait quelqu'un, non, au contraire, comme s'il cherchait personne. Comme s'il espérait trouver une table libre pour s'y réfugier ; seulement le troquet est bondé. Je lui adresse un signe. Il paraît sur le point de reprendre son manteau de pluie pour calter, puis il se décide et s'approche en marchant de profil, furtif comme un timide qui craint toujours de déranger.

Je le présente à mes potes. Julien Liauradéshome connaissait déjà Maumau. Ça l'aide à se mettre en confiance. Bouteille ! On trinque.

Il reste fermé, en grand mélancolique. Boit ! Reboit ! Vite, ainsi font ceux qui ont hâte de s'envoyer dehors et qui considèrent l'alcool comme un moyen de transport.

— Ça n'a pas l'air de carburer ? me risqué-je à lui demander.

— Ça ne peut pas aller quand on est marié, répond-il.

Et alors, le vin lui apportant sa survolte, il se met à débloquer, le Julien. A la fin de chaque période, il écluse un verre, repart. On l'écoute.

— De quel droit la Société oblige-t-elle un couple à vivre ensemble ? Bon, vous allez me dire : le divorce. Mais c'est emmerdant, le divorce, il y faut le consentement mutuel, ça nécessite des papiers, de l'argent, des démarches, ça fait mauvais effet, ça cause du chagrin aux enfants. On hésite à s'y risquer. On y renonce. On attend. Quoi ? J'sais pas. On attend qu'il soit plus tard. On attend que ça s'arrange. On attend que la mort vienne vous donner un coup de main. Et le temps augmente le malheur au lieu de l'endormir. Il l'aiguise. Alors on est pris pour toujours. Et on continue à marcher, de subir, de haïr. Moi, j'en frissonne de haïr. J'en claque des dents. Parfois, je me dis : ça y est, j'ai attrapé la grippe, eh bien pas du tout, c'est la haine. Un accès plus fort que les autres. Pour des riens, du quotidien plus tolérable. Elles sont fumières, si vous saviez. Vaches de partout. Et si dégueulasses. A puer pour des riens. A avoir des œillades qui vous transpercent. Des intonations qui vous humilient. Des sourires qui vous donnent envie de vous tuer. Au début, on les baise et on croit. Ben on a tort ! Baiser, c'est pas un remède, ça entre dans la liste des corvées. Ça conjure pas, au contraire, ça attise. Elles ont leurs exigences, leurs habitudes, prennent leur pied de telle et telle façon. Si tu les rates, tu deviens bourreau. On t'applique des représailles. Et même quand elles ont leurs trucs effroyables, là, tu crois que tu vas avoir campo quelques jours ? Mon œil ! Le caractère qui tourne à l'aigre. Elles te font payer le prix fort. T'as plus droit à rien. T'est fautif. Esclave en plein. Sous-tampax. Résiduel. Putrescible. De l'arrière-merde ! Tu n'oses plus parler : tu ergotes. Te voilà égrotant, débile à force de craindre ; visqueux de trop de bassesses. Tu suffoques de servilité. Tu demandes pardon de tout ce que tu n'as pas fait mais que tu aurais pu faire. Elles t'effraient plus encore que d'habitude. Tu crains tout. Et surtout — ô ironie — qu'elles te quittent. Car c'est ça, leur suprême force, à ces putains : te faire redouter ce que tu souhaites le plus au monde ! Et attendez, une minute encore, j'ai pas fini. Il y a les enfants. Leurs enfants qu'elles élèvent selon leur idée à elle Dont elles te font de jolis petits ennemis, d'adorables angelots qui te méprisent avant d'avoir leur connaissance. Tu essaies timidement de leur apprendre le blanc, aussitôt elles leur enseignent le noir. Impossible de prévaloir. Toi tu tentes d'expliquer, elles, elles imposent. Ce que tu cherches à réaliser par le raisonnement, elles l'obtiennent par simple osmose. Ils sont passés par leur ventre, comprenez-vous ? Leur ventre béni. Alors qu'ils n'ont fait que gicler de nos misérables couilles. On les a faits en jouissant, elles, elles les ont finis en souffrant. Alors c'est LEUR enfant, point à la ligne. Leur enfant à ELLES. Nous, tchoc, la virgule, en râlant de plaisir. Bien dans notre manière : tout à la va-vite, sans sérieux, sans réflexion. Elles, oh ! pardon, neuf mois de patience, à dégueuler, à brandir leur ventre sacré : une place assise, please ! Écartez-vous, le bon Dieu passe ! Salopes !

Et tout ce que je viens de vous exposer ne serait rien en comparaison de leur mauvaise foi. Pour nous, le vrai drame est là : leur mauvaise foi. Cette manière indélébile d'avoir raison. Irréversiblement raison. Raison contre tout, tous, et la logique. Raison d'avoir raison. La vérité, pour elles, ce n'est pas la vérité selon Dieu, c'est ce qu'elles disent. Tout ce qu'elles profèrent est. Ne peut être anéanti que par un avis contraire d'elles. Y a pas de clé, comprenez-vous. Elles ont la faculté de dire oui pour non, non pour oui, oui pour oui et non pour non. Et de mélanger les quatre solutions. Et d'en trouver une cinquième au besoin. Une sixième, une millième... Elles nous usent. Pourquoi croyez-vous que notre longévité est inférieure à la leur dont le corps est affublé de tout un tas de systèmes de merde ? C'est nous qui devrions vivre le plus longtemps. On est simples, nous, on est sains, on est étanches, on est forts. Seulement, elles nous usent. Ce sont des râpes. Nous croyons les limer, mais la limaille qui tombe est la nôtre. Ah, messieurs, messieurs, si tous les gars du monde voulaient se tenir la queue, on stopperait enfin la machine en cessant de procréer. Mais elles viendraient encore récupérer notre foutre encore tiède sur nos cadavres déjà froids pour continuer vaille que vaille l'espèce.

Il s'écroule sur la table, à bout d'anti-féminisme, la tête dans son bras replié. Nous le contemplons avec tristesse, respect et commisération. C'est à ce moment-là qu'un gamin d'une dizaine d'années pénètre dans l'estaminet de la mère Trutrude.

— Papa est là ? il demande.

Les habitués lui désignent Liauradéshome, prostré à notre table. L'enfant s'approche précipitamment et se met à secouer Julien :

— Papa ! Papa ! dit-il, viens vite, maman est morte.

CHAPITRE HUIT

Une nuit à ne pas mettre un brouillard dehors

La scène est déroutante.

Imagine la salle à manger des Julien Liauradéshome ; *made in* Galerie Barbeck de Quimper. Méléas et Palissandre ! Au mur, des chromos de toute beauté que ça représente des marines. Sur la desserte, un voilier dans une bouteille, genre brick goélette à deux mâts, bien entendu. Le dossier des chaises est en tapisserie. Sur la table, le couvert est dressé. Il y a une petite fille de cinq ans environ qui grignote des biscottes qu'elle a préalablement tartinées de beurre avec son pouce. Sur le parquet dûment fourbi, la dame du gars Julien. A cause de sa posture, elle ressemble à ces tracés à la craie que nous autres, gens de police, dessinons pour délimiter les contours d'un cadavre, et qui font si bien sur une couverture de roman policier. Elle est étendue sur le côté, ses jambes composent un mouvement de vélocipédiste en action. L'un de ses bras est dans le prolongement de son corps, tandis que l'autre est resté en parade devant son visage. Elle porte une ecchymose à l'œil gauche. Elle a un couteau enfoncé dans le flanc et je te parie le machin de l'autre jour contre ce que je t'avais promis à Noël que la lame, dirigée de manomètre, s'est plantée pile dans le cœur de la personne.

L'époux veuvifié pousse un hurlement de Croc-Blanc qui a reconnu son maître. Il se précipite vers la défunte en criant :

— Madeleine ! Mon aimée, ma chatte bleue, ma grenouille, mon ange, ma tulipe, fleur de mes jours, mon doux rêve, ma perle !

Que je dois m'arc-bouter pour le contenir, pas qu'il touche au corps, ce con, et surtout au couteau. Mais il m'échappe et c'est le propice Bérurier qui le calme d'une manchette au plexus, hou là là ! Alors il titube, et on l'affale (1) dans l'unique fauteuil de la pièce, en cuir artificiel-lavable-qu'avec-les-enfants-on-ne-peut-pas-se-permettre-l'autre-qui-craint-tant. Il respire duraillement, Julien. Mais l'intensité de son chagrin le ranime. Et le voilà qui fonce dans les jérémiades. Une femme unique, compagne attentive et vigilante, toujours sur la brèche, répondant au téléphone, décachetant le courrier, gérant l'argent du ménage, battant elle-même les enfants, cuisinière hors-ligne sachant confectionner la soupe de poissons, les crêpes, amoureuse frénétique, pas suceuse, mais le coup de rein écopeur, parfaite chrétienne, adjointe au maire, d'une propreté maniaque, lavant son slip tous les soirs avant la prière, remplissant les feuilles d'impôt-et-comment-va-t-il-faire-à-présent ? Et puis morte, la chérie. Immobile à jamais, absente définitivement, soustraite à leur vie foyère, lui et les enfants, deux chérubins qui adoraient leur petite maman. Seigneur, qu'avez-vous permis là ? Pourquoi à moi ? Que vous ai-je fait pour mériter ? Ne suis-je pas un bon perceur de castagnettes ? Le meil-

(1) Je suis le plus grand écrivain détransitifieur de la littérature française.

leur de l'île, au dernier concours. Médaille d'or de Grenade, diplôme d'honneur de Malaga. Grand prix spécial du jury de Madrid ! Mais mon Jésus, alors quoi, merde, ça va pas la tête ? Il a pas fait ses Pâques régulièrement, Julien ? On l'a déjà vu manger de la viande le Vendredi Saint ? Non, mais Dieu, bordel, je Vous cause ! Il a commis des péchés mortels, le troueur ? En dehors de la jeune sœur à Madeleine qu'était venue en vacances et dont il a gentiment bouffé le cul, en camarade, un matin de marché, on peut lui reprocher quoi ? Hein ? Et voilà cette chère épouse idolâtrée, raffolée, en vénérance générale qui est là, sur le plancher, poignardée, morte pour toujours. Ah, non, au secours, y'a erreur, c'est un coup fourré, un gai tapant, une infamie ! N'a-t-il donc vécu que pour cette infamie ? Oh, mes petits, mes chérubins, mes dons d'elle, venez dans mes bras. Je vous reste. Je serai votre môman désormais.

Ils font la sourde étiquette, les tout petits. La gamine se goinfre toujours ses biscottes beurrées. Le môme, lui joue avec une *dinky toys,* à deux pas du cadavre. Faut pas leur grandiloquer le malheur en ce moment. Hé, dis, molo : ils se sont payé l'école toute la journée, plus la leçon de piano chez Mlle Argoat qui joue de l'harmonium à l'église. Faut pas pousser, à présent ils font relâche. Bon, Maman est morte, c'est entendu, mais on ne va pas leur en faire une gamelle de flageolets, non ?

Moi, chef, je répartis les rôles.

— Maumau, emportez-moi ce connard ailleurs et veillez à ce qu'il ne déconne pas davantage. Toi, Béru, récupère l'arme pour examen et cherche d'éventuels indices, vous, Le Guennec, mettez-vous en quête de l'ouvrier de Liauradéshome et ramenez-le ici, vivant de préférence.

Je vais ramasser la petite bagnole dont le gamin joue. Elle est vachement meurtrie, la Hillman.

— T'aimerais que je t'en paie d'autres, môme ?

— Oh voui, m'sieur.

— Alors viens par ici qu'on discute un peu, entre hommes.

Il vient.

La cuisine sent bon parce qu'il y a un gratin au four. Un gratin de je ne sais quoi, c'est déjà doré. J'éteins, pas que ça brûle.

***

Alors voilà la déposition de l'exquis petit.

Ils sont rentrés de l'école, sa sœur et lui, et maman les a fait goûter. Juste comme ils finissaient, papa et maman se sont engueulés dans l'atelier. Une branlée sévère, même que maman a giflé papa à plusieurs reprises selon la bonne habitude. Non, l'ouvrier y était pas, car on est le soir qu'il part en avance pour répéter à la salle des fêtes où on va jouer Golgotha pour la Sainte-Marie-à-la-Coque. Et Corentin peut pas manquer les répètes vu qu'il va jouer Jésus et qu'il s'agit d'un rôle drôlement chargé qui est de tous les tableaux. Pourquoi ils s'engueulaient, les vieux ? Rapport à un enfoiré de flic qu'est venu causer du frère à papa, lequel est un fils de mauvaise vie. Les deux petits sont été prendre leur leçon de piano, car maman y tient qu'ils savent le piano pour plus tard, dans une soirée, tout ça. Mais puisqu'elle est morte, maman, p't'être que papa dira oui pour qu'ils arrêtent, parce que le piano, hein ? A part qu'on soit pianiste, c'est pas avec ça qu'on gagne sa vie. Lorsqu'ils sont rentrés de leur leçon, ils ont trouvé maman étendue sur le parquet, telle qu'elle y est encore. Comme c'est un brave bout d'homme, il a compris qu'il fallait prévenir papa. Pourquoi il est venu au bistrot ? Parce qu'un voisin, le marchand d'accessoires à bateaux, lui a dit qu'il l'y avait vu entrer. Bon, voilà, c'est tout, et c'est vrai que vous allez m'acheter des *dinky toys,* m'sieur ?

***

Béru a trouvé une bouteille d'on ne sait quoi, très chouette, avec un bateau encore à l'intérieur. Là c'est pas un brick mais un galion espagnol, si tu vois ce que je veux dire ? Il est taillé dans du bois fruitier et macère dans un tord boyau qui pue le dégueulis d'ivrogne. Très bien, bravo.

L'Infâmure a placé l'arme du crime dans un sac en plastique déniché je ne sais où. Comme c'est un homme civilisé, il a étendu une couverture sur le corps de ce que les journaux appelleront incessamment « la malheureuse ».

Il me dit, entre deux lampées de son ratafia merdique :

— L'assassin porte une gross' ch'vayière carrée du d'sus à un doigt. Ça a fait une blessure en triangue à l'arcane souricière de la gonzesse. Et y'a pas été de main morte car y l'a entamée jusque z'à l'os. Sans doute qu'a d'vait gueuler, poupette. Il lu a placé la vache mandale de cosaque. L'sang a dû gicler ; l'arcane souricière, tu sais comme c'est fertile ? J'me rappelle mon n'veu qui voulait faire boxeur ; c'tait son point faib'. Dès qu'y morflait un gnon à c't'endroit, ses lampions affichaient le couvre-feu. Les adversaires l'savaient et d'entrée lu filait un taquet su' les falots ; qu'ensute, l'pauv' mec terminait son combat av'c une canne blanche !

Je l'interromps :

— D'autres indices, mister Chère-loque ?

— Moui. L'assassin a rentré par la lourd' d'la cusine qui donne sur l'jardinet. La flotte avait déjà commencé de tomber et on voye des empruntes de bottes de caoutchouque su' l'carreau. C't'aussi dans la custance qu'il a biché l'couteau fatal (il s'exprime parfois comme *Ici Paris,* le Gros) vu que ce ya manque à la panoplie accrochée au mur.

— En somme, rêvassé-je, tout ce que tu énonces là contribue à blanchir le mari.

— Biscotte, plize ?

— Eh bien, Julien Liauradéshome ne possède pas de chevalière, n'a pas la moindre goutte de sang sur ses fringues et n'est pas botté. De plus, s'il avait buté sa rombière, il aurait eu les pieds secs puisqu'il serait sorti après le meurtre, au lieu d'entrer avant.

Le Graissophage hoche la tête, applique son pouce contre sa narine gauche, souffle comme un coup de clairon et, méticuleux de nature, écrase sous sa semelle les résultats de l'opération.

— De toute manière, t'imagines pas ce tordu surinant Mémère ! Y glaglatait d'vant elle comme une feuille morte d'vant l'hiver. Et pis t'as entendu tout c'qu'y bonnissait au sujet de son propos dans l'troquet ? Suppose qu'il s'la soye plantée, tu le vois venir palabrer en public comme quoi qu'il abomine son brancard et lu souhaite la mort ?

— Ce serait la suprême habileté, dis-je.

Le retour de Le Guennec, flanqué de Jésus-Christ, me coupe la sifflette. Justement, j'étais en train de penser aux déclarations de la victime, naguère, lorsqu'elle criait bien haut qu'elle accueillerait son beau-frère avec un *coutelas de cuisine.* Supposons que malgré tout, Tango ait abordé dans l'île. Qu'il soit venu chez le frangin. La Madeleine est seule. Elle s'empare effectivement d'un de ses lardoires pour le chasser. Tanguy la torgnole, histoire de lui faire lâcher prise, puis, furax, la saigne comme une gorette. Ça se tient. Je refoule cette perspective à plus tard afin d'accueillir Notre Seigneur.

Il fait un brin débile, le doux Jésus. Maigre comme les épines de sa couronne en plastique, les pommettes en rotules, des parenthèses profondes de part et d'autre de sa bouche mince que surplombe une moustache postiche, le collier de barbe clairsemé, donc authentique, il claque du bec dans sa robe de bure. Il a les pinceaux craspects dans les sandales. Faut reconnaître que l'eau de mer lave mal. Et la douce est tarifée.

Il louche sur le tas louche posé au centre de la salle à manger. Cette couverture à carreaux bruns est tourmentante, infiniment louche.

— Vous l'avez mis au courant ? je demande à Le Guennec.

— Non, monsieur le commissaire.

Le Nazaréthien déglutit péniblement. Sa pomme d'adam, tu croirais qu'il a avalé un triangle isocèle.

— Montrez-lui !

Docile (il devient de plus en plus respectueux) l'officier de police rabat le carouble. Le Christ porte la main à son Sacré cœur et dit ces deux mots tout à fait en situation dans sa bouche :

— Mon Dieu !

Puis il tombe à genoux, et, assis sur ses talons crottés, il gémit :

— Oh, Madeleine ! Oh, ma Mado, ma Made. Oh, ma fée ! Ma pipe !

Il sanglote, glote, glote.

On le regarde, garde, garde.

— Tu te la faisais, mon grand ? je demande à Jésus-Christ.

— Elle me pompait tous les matins, pendant que le patron allait poster les castagnettes de la veille, s'abandonne l'auxiliaire.

Au plus mollissant de la détresse, il dit tout, ne peut rien retenir, rien cacher. Sa peine a besoin d'exposer ses raisons. De déterrer ses racines. Ah, il l'aimait, la Mado. Depuis des années, il restait à vingt pour cent au-dessous du smig pour ses beaux yeux, sa belle bouche avide qu'il emplissait quotidiennement.

— Que lui est-il arrivé ? il larmoie. Une attaque ?

— A main armée, dis-je. On lui a planté un vilain couteau de cuisine dans le cœur.

Je prends ses deux mains ferventes. Le Christ n'a pas de chevalière, n'en porta jamais !

— Le Guennec, retournez à la salle des fêtes, examinez les vêtements civils de Notre Seigneur pour vous assurer qu'aucune éclaboussure suspecte ne les souille.

— Ce ne sera peut-être pas la peine, monsieur le commissaire, car il répète depuis plus de deux heures et ne s'est pas absenté un instant.

— Parfait.

— Mon vieux Jésus, dis-je, il va falloir que tu me racontes un peu la vie des Liauradéshome. Bon, Madame avait des délicatesses pour toi, ensuite ?

***

Liauradéshome est ivre-mort, et même un peu plus que ça, vu qu'il a noyé son chagrin avec Maumau Bidick, d'autant que tout le village consterné lui a offert un remontant. Et les gens se barricadent hermétique, à cause d'un assassin dans l'île ; surtout les dames seules. Un vilain trucideur qui ne viole même pas ses victimes avant de les tuer, merde, le monde est bien mal parti de nos jours.

Le téléphone est coupé d'avec le continent. La téloche ne fonctionne plus, biscotte la météo catastrophique, t'as une course de zèbres sur la une, la voie lactée sur la deux, le noir intégral sur la trois. Ne nous reste que la radio. Et aux actualités, on parle beaucoup du phare de la pointe du Chaz. Ces autonomistes bretons qui tournent sanguinaires, merci bien ! Le Mouvement clame bien haut son innocence, mais mon œil, ils disent à Europun. Ce pauvre gardien de phare, père de famille, médaille de sauvetage, et tout ça bien, bon Breton soi-même, le plus écœurant... Il aurait été alsacien ou monégasque, on aurait compris, mais là, un gars du pays, élevé à la farine de sarrasin, vous y comprenez quelque chose, toi ?

On décortique les homards de la mère Trutrude. Chapeau, ils sont drôlement frais, si la cuistaude ne l'est plus. Du pur délice. On pardonne pour le coup à l'océan de tant houler. Tant pis qu'il s'enrogne hideusement du moment qu'il a des cadeaux aussi somptueux pour les hommes.

La radio continue de causer comme quoi une tempête de j'sais pas combien de millibars souffle au large du Cotentin et que ça risque de chier dur pour les bateaux croisant dans cette région. Et dites, avec ce phare naze, le plus gros turbin peut résulter. On a beau, à Brest, filer des avertissements sur les ondes, c'est fatal qu'il y aura des pépins. La Marine Nationale a installé un phare de fortune, mais il n'est que d'infortune en réalité. Haut comme trois pommes, avec un simple psalmodieur de carence à dynamo perpendiculaire, tu vas loin avec ça, toi ?

Juste comme on décortique les grosses patounes des langoustes homardées, un personnage courtaud et sec, avec un collier de barbe rousse et un regard à foutre la merde s'approche de notre table.

— Bon appétit, messieurs ! il lance.

— Bonjour, monsieur Ruy Blas, réponds-je sans m'émouvoir, connaissant par cœur la scène deux de l'acte trois.

L'arrivant n'apprécie pas des plus.

— Vous êtes les policiers ?

— Si fait.

— Je suis le maire de Nichemar'h.

— Honoré de faire votre connaissance.

— Je vois que les dramatiques événements qui endeuillent notre région n'affectent pas votre moral.

— Not'moral, si ; mais pas not'estomaque, riposte Béru.

— Il y a un meurtrier sur cette île, messieurs ! tonne le maire. Et comme depuis le crime la tempête rend impossible tout départ de Nichemar'h, il s'y trouve encore. Or, au lieu de le traquer, je constate que vous vous gobergez comme à un banquet. Votre attitude est inqualifiable et sera signalée en haut-lieu !

Bérurier pousse un grand cri que la pince vide qu'il est occupé à sucer transforme en coup de sirène.

— Nom d'Dieu, t'est Séraphin Le Graz !

M'sieur le maire se met dans une attitude de chien d'arrêt. Bérurier poursuit, s'auto-désignant :

— Bérurier !

Et il tend au pommier magistral de la commune une belle et large main enlangoustée et coulante de beurre fondu.

L'autre s'épanouit.

— Béru !

Puis les deux hommes se dressent et, sans un mot, s'accoladent. Régiment. Bordel. Corvées. Cuites. Ajdudant. Bordel. Manœuvres. Bordel. Cuites.

Pitaine. Corvée. Cuites. Bordel. Permes. Cuites. Adjudant. Bordel. Tu te rappelles ?

Il se rappelle. Et l'autre se souvient.

Vite, une assiette pour le maire.

Il a raté la langouste à pinces, ne ratera pas le poulet à la crème.

Bouteille. Merde, le bon temps. Les filles. Canuet qui avait attrapé la vérole, ce con ! Qu'est-ce qu'il est devenu ?

La conversation, bien qu'il s'agisse de souvenirs militaires, n'est pas générale. Deux mecs qui se retrouvent une vingtaine d'années plus tard ont tout à se dire. Les autres ne peuvent que prendre une mine enjouée. Faire des « Ah bon ! Sans blague ! Je vois ça d'ici ! » en réprimant des bâillements, en pensant à autre chose, à d'autres gens.

Le maire écluse pour à-l'unisser, s'aligner sur nous autres.

Il nous faut attendre le diplomate à la vieille roulasse pour que je prenne l'initiative de la converse.

— Cher monsieur le maire, si vous voulez bien me permettre de vous rappeler que nous avons à découvrir un meurtrier !

Boum, la douche ! Il rembrunit. Déserte son régiment doré pour rempiler dans la fonction municipale.

— C'est la première fois qu'un meurtre est perpétré sur cette île, commissaire (Béru nous a présentés).

— Selon vous, peut-il s'agir d'un habitant de Nichemar'h ?

Il lève ses bras vers le ciel inclément.

— Vous n'y pensez pas. Rien de plus paisible que notre population. Nous sommes cent vingt-deux amis, cent-vingt-deux parents pour ainsi dire.

— Caïn a tué Abel, objecté-je. Et comme il ne restait plus que l'assassin pour assumer la continuité, nous sommes tous des enfants de salaud, mon bon maire.

Je lui montre Julien-le-Veuf, endormi sur une banquette.

— Leur ménage ne marchait pas fort, m'a dit leur employé. Madeleine parlait sans cesse de le quitter.

Séraphin Le Graz secoue sa barbe en poils de culs.

— Elle en parlait à Corentin pour lui faire plaisir parce qu'il la biquait, mais c'était pas la fille à quitter un homme doté d'une bonne situation. Femme de tête, la Madeleine. Le derrière brûlant, nous sommes d'accord, mais de la cervelle ! A la Mairie, je l'avais comme adjointe, je peux vous en parler.

Il rougit un peu, fuit mes yeux pour se refaire un regard convenable, et il ajoute :

— Ne perdez pas votre temps : le meurtrier est venu d'ailleurs.

— Admettons.

— C'est tout admis, tranche mon interlocuteur d'un ton qui met du courant électrique dans mes articulations interphalangiennes.

— Béru ! appelé-je, dis à ton ami qu'il cesse de me parler sur ce ton, sinon je vais enquêter sur tous les matous qui se sont enfoncé la mère Liauradéshome. Et ça fera des commérages noirs sur toute cette île de mes fesses !

Le maire s'affole :

— Mais je ne vous disais rien de mal, monsieur le commissaire.

— Ça n'est pas suffisant, réponds-je : dites-moi surtout des choses bien. Par exemple où peut se planquer ici un criminel venu du continent et se trouvant dans l'impossibilité d'y retourner pour le moment.

Il ne réfléchit pas longtemps, le maire.

— Je ne vois que la Résidence Merlimpe-Himpain.

— Ça consiste en quoi ?

— Une dizaine de bungaloves, à cinq cents mètres du village. Ils sont loués l'été à des vacanciers.

— Une promenade digestive, après ce succulent repas, nous fera le plus grand bien, décidé-je.

Là-dessus, la mère Trutrude apporte des caouas embaumeurs, plus sa grande boutanche de « spécial ».

Elle prend place parmi nous, la bonne fée du bidet muée en fée du fourneau. C'est l'heure que son maquillage craquelle comme les Institutions de la Cinquième. Elle fissure d'un peu partout, principalement du passé. Encore une motorisée du souvenir ! La tempête ragissante lui en évoque une autre, aux îles Déprofondisses dans l'Océan Indien, l'époque qu'elle tapinait sur Djibouti terre françouaise. Un vieux yachtman britiche l'avait enlevée pour le temps d'une croisière, tant tellement qu'il avait apprécié son savoir à la Trutrude. Qu'elle était parvenue à lui réveiller son bigorneau, au rosbif. Un mec qu'avait plus triqué depuis la mort de George V. Endeuillé à tout jamais du calbute, il s'estimait, lord Durin. L'avait tout essayé pour se ranimer Popaul. Zéro. Son zizi cantonnait farouchement dans les invertébrés. La cantharide le faisait juste éternuer. Et puis voilà qu'un soir, prenant un pot au claque de Firmin-bout-du-monde, il y avait eu leur rencontre. Ils éclusaient du roteux. Elle avait sa cuisse contre celle de l'Anglais. Machinalement, juste pour dire de bien-séancer, elle lui avait procédé un petit tombé de paluche sur la case trésor. Et voilà-t-il pas que ça se met à remuer dans la musette ! Non, non, non, elle n'était pas morte, la truite !

Vous auriez vu la frime du Vioque ! Il voulait pas croire. Il se palpait en grommelant des : « *But ! But ! But it is not possible.* » Eh ben si, ce l'était. Et comment.

Un goume féroce ! De la matraque de C.R.S. Ah, c'était pas un membre honoraire, mais de l'omniprésent belliqueux. Un vrai taste-moules de sergent major ! Elle l'a grimpé en vitesse, son yachtman. Et il te lui a passé un de ces ramonages de printemps, mon ami... Oh, charogne ! Le lendemain, il a carmé une fortune pour l'embarquer avec lui sur les grands flots bleus où viennent se mirer les étoiles. Firmin rechignait, malgré la somme, parce que c'était sa préférée, Trutrude, d'ailleurs, par la suite elle est devenue sa vraie rombière officielle avec carte grise et tout le chenil. Mais l'Anglish, rien aurait pu l'arrêter. C'tait ça ou une déclaration de guerre de l'Angleterre à la France ; Entente Cordiale mon cul ! Elle est partie, Trutrude. *The flying Irish* qu'il s'appelait, le yachte. Douze hommes d'équipages, excusez du peu ! Sa chambre, à lord Durin, on aurait pu y jouer au tennis, parole ! Eh ben voilà qu'une fois en mer, finito le beau tricotin de la veille ! Monsieur était ressombré nougatine. Les miracles n'ont lieu qu'une fois. Il avait beau escrimer, lord Durin, il demeurait inconséquent du zob. Trutrude y a déferlé son grand savoir, le bigntz super-gala, avec les enveloppements de serviettes chaudes, la badine sifflante, le mordillage ambivalent. C'était malgache bonne cau ! Ils ont insisté des jours et des jours en déboulant l'Océan Indien en direction de Mogadiscio : *nothing !* Calme plat sur la braguette à Sa Seigneurie. Par contre, y'en allait pas pareil du temps. Youyouille. C'est en vue des Déprofondisses que le big cyclone a lâché les fauves. Pire que ce qu'elle a subi, la mère, y'a que la fin du monde. Elle voit pas ce qui pourrait concurrencer excepté. La mer et le ciel qui s'ouvrent ensemble pour vomir des gouffres pleins d'éclairs et d'atroces déferlements. Le yacht toutes amarres rompues, qui chahutait pis que le *Poséidon.*

Les matelots cramponnés à ce qu'ils pouvaient. Trutrude à genoux, tu penses, Bretonne, qu'elle se grouillait de recommander son âme. Et ce vieux con de lord qui prétendait se faire sucer dans la tourmente, gueulant haut que ça lui revenait, que ça frémissait ; qu'hip pipe pie hurra ! Et elle, en passe de noyade, à demi trépassée, morte déjà de la peur de sa mort, s'est mise à invectiver lord Durin, douze millième du nom, à le traiter de moudu, d'enculé, de sous-merde anglaise et d'une foule d'autres disqualificatifs qui vous viennent en bouche dans les instants critiques où l'existence vous apparaît sans suite, et donc le présent sans conséquence, ce qui autorise toutes les franchises audacieuses, comprends-tu ?

La tempête s'est calmée, le sexe du lord aussi. Il a déposé avec hauteur sa passagère dans un port pourri dont elle ne se rappelle plus le nom. Sans ressources, par laides représailles, et ma bonne Trutrude a regagné Djibouti en bateau-stop, pipant des équipages à peau brune pour assurer sa nourriture, si j'ose ainsi dire, et je l'ose.

Elle se tait, yeux mi-clos, écoutant tempêter la tempête qui bourre à grandes épaulées noires sa maison. Sécurisée d'être à terre, sur sa terre de nativité, inexpugnablement ancrée, la vieille pute. La chère chérie au fion fané, au ventre délabré mais à l'âme toujours neuve et fringante.

— Elle est pas fameuse, ma gnole ?

— Si, si, la mère : un nectar.

Elle verse généreusement.

Mais je rappelle ma troupe au devoir.

Nous avons à découvrir un meurtrier.

***

Et nous partons, fous de courage, dans les tornades indicibles. Le vent souffle à je ne sais combien de kilomètres-heure, car il fait trop sombre pour mater le compteur. On avance, pliés en deux, arc-boutés, détrempés, le souffle coupé par le vent féroce. Parfois, celui-ci est si violent qu'il nous redresse et nous fait chanceler. Et puis nous repartons, sans un mot, tels les participants d'un corps franc.

La Résidence Merlimpe-Himpain surgit soudain, au détour du chemin blême. Elle est blottie dans un vallon que termine une plage de galets. L'océan y déferle en énormes vagues écumantes : les chevaux de la mer, dont parle Léo Ferré.

Et une voix retentit, celle de Maumau Bidick, le marin. Le Popeye de notre expédition.

— Il y a de la lumière dans un des bungalows !

Son index pointé sous les embruns nous désigne un point précis pour lui, mais qui nous laisse cligner des yeux en vain. Lui, voit. Il a l'œil fauconesque du navigateur qui se rit des brumes et pour lequel l'horizon est sans cesse en recul.

— Vous êtes sûr, Maumau ?

— Certain, vous ne voyez vraiment pas ?

Le maire finit par dire que lui si, mais qu'est-ce qu'il risque ?

— L'avant-dernière construction en direction de la falaise, précise Bidick.

On s'y dirige.

Ce n'est guère qu'à compter d'une vingtaine de mètres qu'on décèle en fait la lumière annoncée. Elle est faiblarde et filtre par les interstices d'une paire de volets.

D'un signe, je stoppe ma troupe. Seul, héroïque, superbe dans le cyclone, je m'approche de la petite construction. Les éléments font un tel ramdam que je n'ai pas à prendre de précautions exagérées. Qu'est le bruit léger de mes pas sur le gazon en comparaison des vociférations célestes ?

Parvenu à destinance, je file ma bafle contre le bois du volet. Il me semble entendre un bruit de converse. Je m'approche de la porte dont j'empare doucettement le loquet. Il obéit. Alors, du bras, j'appelle mes zèbres. Ils arrivent, dociles.

— Maumau et le maire, restez dehors, enjoins-je. Nous allons donner l'assaut.

— Et pourquoi on resterait dehors ? bougonne le maire, je suis le chef de la police sur cette île, après tout !

— Et moi, j'étais fusilier marin, renchérit Maumau, et pour ce qui est de la castagne je donne pas ma part aux chiens...

A quoi bon décourager les bonnes volontés ? Go !

CHAPITREC NEUF

De surprises en surprises

Quoi de plus brutal qu'une porte brutalement ouverte. J'appelle « brutalement ouverte » quand elle est fêlée deux fois en une seconde : la première fêlure provenant du coup de latte que tu lui balances, la seconde de sa rude réception contre la cloison intérieure. Bang, bang. Le double bang, quoi ! Comme les avions réactionnaires. Généralement, ça produit son petit effet : voir les films de gangsters. T'as les forbans en train de taper le carton en lichetrognant du bourbon frelaté. Et poum ! Les fédés ou bien les jules de la bande rivale qui surgissent et se mettent à mouliner dans le landerneau. Les joueurs ont même pas posé leur full qu'ils sont clamsés, troués comme bande de limonaire, avec la frite sur le tapis de jeu.

Cette fois-ci, rien de tel. Oh, mais alors, rien !

On irruptionne dans un séjour Sam'Suffit : carreaux de province, crépis à la chaux de Pise, meubles de Bonhomme Embois, chromos.

Je croyais débusquer une horde de vilains patibulaires, je ne trouve que le père Pinaud devant un poste de radio et une bouteille de calva.

Il roupille à mains ouvertes (1). Il a un bras allongé devant lui. Un autre qui pend dans le vide. Son front repose contre le bord de la table. Et il ronfle ! Ronfle ! Ça fait « Ahhrongneuharrrrpfouiiii » mais textuel, j'ajoute pas, j'exprime. Tu le sais, mon z'ami, la vérité est mon honneur. Je suis d'honneur. Pas prêteur, mais d'honneur. D'honneur de San. De San-A. Ah ! On est finasses, les trois poulardins, avec nos flingues dardés sur le père César. Ce qu'il est pitoyable, ainsi, Baderne-Baderne. L'a bien fait de se pointer en Bretagne, pays des épaves.

— Et alors, la Pine ! je mugis pareil à ces féroces soldats venus jusque dans nos bras égorger nos fils et nos compagnes ; ce qu'il faut être lâches !

Il demeure de bronze. Si tant est que le bronze soit susceptible de produire un bruit semblable.

Bérurier me désigne la bouteille de calva aux deux tiers vide, voire au tiers pleine, selon l'endroit où l'on se place.

— Pas z'étonnant qu'y n's'éveille point s'il aura pris une dose pareille de souprolifique. D'ailleurs, continue le Dodu, j'ai r'marqué qu'y tient moins bien l'lit', Pinuche, d'puis sa dernière bronchite. Y lu ont filé des biotiques qu'a masturbé sa résistance à l'alcool. Deux malheureuses boutanches de muscadet et l'v'là pompette, l'ancêt'.

Je m'abstiens de renchérir, étant trop ému par ce que je viens de découvrir.

Une chose bleuâtre barre la nuque du Débris. Cela ressemble à une ecchymose, de fines gouttelettes de sang en sourdent, qui se coagulent avant de couler.

(1) J'en ai ma claque de l'éternel « poings fermés ». Tu fais le poing pour roupiller, tézigue, malgré ta connerie congénitale ?

— On l'a assommé, dis-je. Il a pris un coup de tisonnier dans les cervicales. Il ne ronfle pas : il râle. Pourvu qu'il n'ait pas une vertèbre de brisée.

Son guignol bat molo, il cigogne les cerceaux de notre cher vieux copain, marque des temps d'arrêt, reprend son petit canter pour mollir de nouveau.

— Y'a-t-il un médecin dans l'île ? je demande au maire.

— Oui et non, répond-il.

L'impeccable con ! Comme si c'était l'instant des finasseries verbales !

— Enfin, c'est oui ou c'est merde ?

— Il n'y a pas de médecin en exercice, s'empresse l'édile, mais il y a un vieux toubib de marine en retraite qui soigne la population lorsqu'il n'est pas trop saoul.

— Allez le chercher et qu'il se remue les noix ! S'il est saoul, faites-lui boire de l'eau de javel, mais amenez-le, ça urge !

Le maire s'enfonce dans les trépignantes bourrasques. Béru, agenouillé au bord de Pinuche, lui tient la main et pleure en lui parlant.

— Trouvez un matelas et apportez-le ici, ordonné-je à Le Guennec et Maumau.

Je soulève une paupière de la Vieillerie. C'est blanc. D'un blanc jauni par des rébellions hépatiques.

— Pinaud, tu m'entends ? lui chuchoté-je à l'oreille.

Rien.

Redoublement des sanglots du violon béruréen.

— Mon Pinuche ! Not' pote ! Not' vieillasse ! Not' radoteur chéri ! Not' vieille guenille ! Not' saloperie ! Not' vieux con ! Tu vas pas m'crever d'vant, dis, ordure ! J't'interdis, boug' d'dégueulasserie ! Ah ! m'fais pas le coup, 'spèce de larve, qu'autrement sinon j't'cause plus jamais de ce qui s'appelle jamais ! Mais r'gardez-moi, ce nom d'Dieu de bastringue de merde qui nous lâche ! Mais y va l'faire, l'salaud pourri ! Y l'est cap', j'vous dis ! Mont'ton palpitant, mon bijou : ouf ! ça breloque encore. Tiens bon la rampe, ma Pine. Laisse-toi pas glisser, vieux frivole. On en reboirera des pots ensemb'... J't'interdis de canner, moi et San-A. Hein, San-A, que tu lu défends formel ? T'entends, la Pine ? Y t'défend, le commissaire de mes deux ! Essaie un peu, et tu voiras ce qu't'encours, vieux Nougat ! Pote ou pas, tu la sentireras passer, promis, bourrique ! Retiens-toi, quoi ! Qu'est-ce t'as dit ? T'as pas dit ? Il a pas dit ? Qu'est-ce vous dites ? C'tait un pet ? Juste un pet ? Ben c'est qu'y eguesiste alors ! J'ai jamais entendu péter un mort ! Si, vous pensez qu'ça arrive ? L'air des poumons qui s'en va par l'trou duc ? Écoute, Pinuche, arrête ta mauvaise tête. Bon, t'agonises, et alors ? T'vas pas n's'en chier des pendules ! Soye sérieux, César. Coule pas à pic. Maintiens-toi, merde ! Mont' que t'en as dans le futal. Y'a plein d'gonzesses encor' à brosser ! Tu craches pas dessus, vieille seringue. J'ai jamais trouvé un plus viceloque qu'ta pomme. Av'c ton air con et ta vue basse t'embourbais les frangines d'première. Oh, pas du surchoix, pas d'la fraîcheur angélique, mais les bons vieux fourneaux qu'ont l'fion comm' des portes de grange. T'mettais dix minutes à t'dégainer Coquette d'au travers tes maillots, longs calcifs et pans d'limace, mais quand t'avais estrapolé ta rapière, l'aminche, fallait t'voir monter en danseuse ! T'as pas le mahousse chibroque impressionnant, comme disons moi, de c'lui qui fait siffler les dames d'admirance, ou bien qui les tourmente de son ampleur, vu qu't'as des gerces que l'mari les ouvrage à la pointe Bic. Mais t'ent' dans la catégorie des gonziers qu'ça n'a pas d'importance, la dimension. Des ceuss qui compensent la moyenneté d'leur paf par une techenique vigoureuse. Toi, ta spécialité, c'est la l'vrette, et pour un larron d'ton carat, chapeau ! J'sais pourquoi qu'tu prédictionnes pour la l'vrette, Bébé rose : ça t'permet de limer en conservant ton mégot et ton chapeau. T'as tes marottes.

« J'm'rappelle la vieille douarière ritale, qu't'embourbais à la paresseuse après l'avoir retroussée comm' un pébroque. Tu l'enfournais par la poupe, saligaud, et t'avais les bras croisés su' son dos, comme tu t'serais trouvé à visionner Napoli du balcon d'ton hôtel. Le bord d'ton vieux bada était rabattu, et on ne voiliait qu'ton sourire béat autour d'ton mégot. Ta force, c'est qu'tu peux varloper pendant des plombes sans fatiguer. Tu pars pas à dame tout d'suite. T'as une haute r'tenue, Pinuche. Comme si tu pens'rais à aut'chose ; à des trucs qu'ont rien à voir et qui t'font rigoler. T'es l'seul commak. Dieu sait si j'en ai visionné, des mecs en train d'bien faire. Tous, c'qu'est frappant, c'est le comment y sont préoccupés par le tagada. Soucieux, on dirait, ronchons, même. Toi, jamais. La marrade ! Le grand sourire délicieux. Comme chez l'photographe. Bonsoir mesdames, bonsoir mesdemoiselles, bonsoir messieurs. Vive la France ! Alors j'veux encore t'voir bavouiller, frangin ! J't'emmènerai dans des claques qu'j'sais, où y'a des d'moiselles d'la bonne société. Écoute, j'te prêterai Berthe, si l'cœur t'en dira. Ouais, mon drôle, j'irai jusqu'à là pour ta régalade. Tout, mais j'veux pas que tu crèves. Meurs pas, j't'enverrai des caisses de muscadet sur lie ; je t'achèterai la tévé couleur. On bouffera encore l'foie gras de la Barrière Poquelin. On s'fera sucer, Pinaud, je te garantis. Enfin, Seigneur, quoi : une bonne pipe, ça vaut l'coup d'pas clamser, non ? Tu mourriras plus tard, quand'j's'rai vioque. Qu'on aura l'âge d'se faire des raisons. Qu'on aura plus b'soin les uns de l'aut' ;

qu'on s'ra d'venus égoïss et qu'aura plus qu'nos bobos pour nous préoccuper. Bon, allez, c'est dit, tu vis.

Le Gros lève sur moi la face la plus sublime qu'il m'ait été donné de rencontrer.

— Il va vivre, me dit-il en souriant à travers ses larmes. J'le connais : il va vivre !

***

— Avez-vous remarqué une chose, monsieur le commissaire ? murmure Le Guennec.

Pinuche est allongé sur un matelas, nous avons étalé une couverture sur sa chétive carcasse. Il continue ses râleries éprouvantes. Bérurier lui tient la main. Continue de lui parler, et reparler, à en déparler, comme si les mots contenaient l'irréparable à distance, comme s'ils insufflaient de la vie à notre cher vieux copain.

— Remarqué quoi, Le Guennec ?

— Le poste de radio.

J'avoue que seul Pinuche a capté mon attention jusqu'alors. Je balance un coup de périscope à l'appareil, lequel continue de fonctionner. Et je tressaille (ou bien sourcille, si tu estimes que ça fait plus sobre). Il ne s'agit pas d'un poste à transistor ordinaire, mais d'un appareil récepteur-émetteur. Pour l'instant il est branché sur les ondes de la Marine Nationale et on ne perçoit que des converses échangées à travers l'espace, avec des noms de code, des chiffres, des termes abscons pour les non initiés. Je branle le chef (je suis le chef, j'ai le droit).

— Votre ami sait se servir d'un appareil émetteur ? me demande mon collaborateur.

Je sursaute (ou re-sourcille, si vraiment ça te paraît mieux approprié).

Tiens ; c'est vrai que Pinuche a des dons de sans-filiste, comme il le dit lui-même dans son vieux langage de boy-scout d'un autre âge.

— En effet, il sait.

— C'est à se demander ce qu'il fabriquait sur cette île, hein ? lâche hypocritement Le Guennec.

Oui : c'est à se le demander. Car, visiblement, Pinaud était « installé » dans ce bungalow. Son pardingue est accroché au porte-manteau, et son veston posé sur le dossier de sa chaise. Il buvait du calva en manœuvrant le poste. Il était en communication avec qui ? Donc, sa carte de représentant en bandocheries lui servait de façade ?

Mais pour qui travaillait-il, ce bougre de cachotier ?

Je rafle la boutanche et me téléphone un grand coup de raide dans les profondeurs afin d'y apporter la paix.

La Pinasse râle de plus en plus fort. Béru lui exprime des choses de plus en plus tendres. Le Guennec devient de plus en plus dubitatif. Et Santonio de plus en plus perplexe. Il se dit des machins, l'Antonioniote. Que, par exemple, il est troublant qu'ils soient mutés dans un bled, lui et Béru, dont le sous-préfet n'est autre que le Vieux. Troublant qu'il tombe sur un représentant de commerce qui n'est autre que César Pinaud. Et plus troublant encore qu'il se mette à se passer des événements comme il n'y en eut jamais à Ploumanac'h Vermoh : l'explosion du phare, le meurtre du gardien, l'assassinat d'un patron pêcheur ; l'assassinat d'une îlote ; le retour au pays d'un gibier de potence, dynamiteur patenté. Oh ! mais tu sais que ça fait beaucoup ? Que ça fait trop ? N'en jetez plus, la cour est pleine.

Pour qui sans-filait Pinaud ?

Qui l'a massacré ?

— Dis donc, Maumau ?

Tiens, je me suis mis à le tutoyer, le Jean-Bart de Ploumanac'h. Ça ne le trouble pas le moins du world.

— Présent ! répond-il.

— Tu es bien certain que par un temps pareil toutes communications par voies de mer sont interrompues avec le continent ?

— Évidemment, commissaire. Nos côtes sont les plus rocheuses de France. N'importe quel bateau serait broyé s'il tentait de prendre la mer.

— Et par hélicoptère ?

Il pouffe d'un rire plein d'aigreur, de dérision, et de tout ce que tu peux imaginer de sardonique à l'huile.

— Mais il serait emporté comme vous savez quoi ?

— Un fétu de paille, proposé-je aimablement.

— Très exactement, approuve *Troudbal-le-marin,* légendaire héros des « *Mille et une nuits plus celle-ci* ».

— Donc, toujours le même leitmotif : le ou les meurtriers sont encore à Nichemar'h ?

— Bien entendu, et soit dit entre nous, je me demande ce que vous autres flics foutez à guigner votre copain au lieu de tout fouiller partout, bordel !

Il a lâché sa râlerie. Loin d'en être apaisé, il rognit de plus rechef :

— Bon Dieu, on assassine les gens à vos nez et barbe, et vous autres faites ripaille chez la mère Trutrude, et puis vous venez pleurnicher sur la carcasse de ce vieux nœud qui s'est laissé massacrer en manipulant un poste clandestin. Franchement, les gars, je me faisais une autre idée de la police. Pas une haute idée : une autre !

Un silence suit.

Bérurier vient de se lever. Il torchonne ses larmes visqueuses d'un double revers de manches. Après quoi il s'annonce devant Bidick.

— Dis donc, l'navigateur, déclare l'Hénorme d'une

voix sourde, j'te vas donner une troisième idée d'la police, moi.

Et il lui tire un pain au bouc. Maumau questche en arrière, le cul par-dessus sa chaise. Mais qu'à peine le voilà déjà relevé. Et c'est un plongeon de rugbyman gallois dans le burlingue à Alexandre-Benoît. Le Mastar fait « Hhhhan », et tombe sur son prose, telle une poire blette décrochée de sa branche.

Maumau hésite à lui savater la gueule, mais comme il est pas mauvais bourrin, il se contente de se mettre en garde pour parer à toute éventualité, selon une très belle expression que j'ai relevée dans un livre, chez des gens comme il faut qu'avaient leur bibliothèque dans leurs chiottes.

Le Mammouth reprend souffle et lui sourit. Pas qu'il le redoute, mais ils sont entre types de bonne compagnie et un mouvement d'humeur peut arriver à tout le monde, non ?

— Dis donc, l'artiste, t'es pas manchot du crâne, complimente mon zélé collaborateur.

Maumau caresse son tiroir démis.

— Et toi t'as une de ces potato ! lui retourne-t-il, ce qui est te dire comme l'harmonie refleurit entre eux deux.

Juste Le Guennec qui reste à faire la gueule de raie. Renfrogné de hautaine, le Breton ! Nos rapports, qui paraissaient se stabiliser, retombent comme un soufflé. Il n'est pas convaincu non plus par mon indolence. Il pige rien à mes méthodes. Il prend pas ça pour une méthode, d'ailleurs, mais pour du je m'enfoutisme professionnel. Alors de réprouver ostensiblement, bien prendre ses distances.

Le retour du maire, escorté d'un vieux vieillard branlant, apporte une diversion. Dommage, j'avais envie de m'expliquer auprès de Le Guennec. Note, son opinion, je m'en torche, mais ç'aurait été satisfaisant pour moi. Lui dire que j'ai besoin de planer avant de piquer, tel le busard qui a retapissé une volaille. Besoin de comprendre ce qui se passe avant d'agir pour de bon.

— Voici le docteur Aucéanonoxe, dit le Maire en désignant un candélabre détrempé.

Le doc salue d'un hochement, vu qu'il ne lui est pas possible d'articuler. Il regarde le gisant, sur son matelas, émet un hoquet comme Victor Boucher dans « Les Vignes du Seigneur » et s'agrippe (de Hong-Kong) au bras du maire pour pouvoir s'agenouiller près de Pinuche sans s'écrouler.

— Il a été assommé, crois-je bon d'expliquer. Voyez sa nuque, si vous le pouvez.

Le toubib se penche pour l'examen. Trop. Il choit. S'allonge contre Pinaud. S'endort. Fin de la séquence médicale.

— Je vous l'avais bien dit, soupire le maire.

— J'espère pour les habitants de Nichemar'h que l'air du grand large les garde en bonne santé, soupiré-je.

Et alors, bon, voilà, dans l'adversité c'est ainsi. Il faut savoir subir sans trop rechigner.

Moi, tu me connais puisqu'on se pèse souvent ensemble (pour faire l'économie d'un ticket, on grimpe toi et moi sur la bascule et ensuite on divise fraternellement le résultat par deux), je me sens soudain sur orbite, paré, impec, frais comme une bite fraîche.

Me mets en devoir, qu'ils disent, d'explorer les hardes pilnuciennes. Pourquoi ? Te le vas expliquer. Pinaud, sans-filiste d'accord. Mais une mémoire de clé à molette, le gaillard. S'il est foutu de mémoriser le code de son correspondant, je te paie : des bugnes, une montre en or mastic, un voyage à Vénissieux (en gondole), une cure de désintoxication politique, et un abonnement de trois heures au *Chiasseur Français.* Conclusion ? Préposé au maniement de cet émetteur, il aura noté les coordonnées de péjoration triphasée quelque part. Et c'est dans sa blague à tabac que je découvre le précieux document, entre un tronçon de carotte chargé d'humidifier son perlot et un cahier de Job gommé. Cela est rédigé au dos d'un billet de bus « Quimper-Ploumanac'h Vermoh. ».

Je prends place devant le poste afin de gougner le débloqueur d'induration rationnelle molletonné. Le voyant de flaoutopage indexé gasloque. J'enclenche le ménomiaque persillé à cavernation unilatérale ; et, comme tu t'en doutes, l'inotronc pourfendeur filuge immédiatement.

Le signal se répercute. Des fredondants convexes scintillent.

Et une voix :

— Nous vous recevons, avez-vous du louveteau ?

La réception est très infameuse à cause de la tempête. Je décide que j'ai mal entendu et qu'il fallait comprendre nouveau au lieu de louveteau.

— Oui-da, fais-je en branlochant des cordes, pour imiter la voix du pauvre Pinuche, j'ai été victime d'une agression.

— D'une indigestion ? demande la voix.

— Non : d'une agression, un homme m'a assommé et s'est enfui, me laissant pour mort. Je viens tout juste de retrouver mes esprits, mais je souffre horriblement de la tête.

— Êtes-vous en mesure d'assumer jusqu'à la conclusion ?

— Je l'espère, oui.

— Restez à l'écoute, je vais en référer à Ma Tante...

A nouveau, la considération de Le Guennec me revient, il a le respect yoyoteur, le Breton. Ça monte, descend, remonte. Brave zigus en fait, car il suffit que je m'occupe de l'enquête pour qu'il me restitue son estime.

Là, il est joyce de me voir coiffé du casque, à tripatouiller les clitoriseurs de basse fréquence moudurés du poste.

Un lapsus de temps assez long s'écoule, comme dirait Béru.

Béru, il dit toujours autrement. Il devrait écrire. Je vois mes extrêmement confrères se filer la coiffe en mayonnaise pour essayer de trouver un style nouveau. T'en as qu'écrivent sans ponctuation ni majuscule ni à la ligne, tout en vrac, queue leu leu. Démerdenzi, mon pote. Juste pour t'épastouiller. Que ça fasse inspiré, génial en plein. Exemple : « Il entra dans la chambre bonjour chérie comment ça va turabra pas mal et toi ledéneige ils s'embrassèrent et il sentit monter le désir dans son corps ta mère a téléphoné pas encore il n'est que midi si tu as faim il reste du poulet froid dans le frigo la pluie tombait à verse depuis la veille et on n'était que le lendemain avec sa robe blanche elle avait l'air d'une jeune fille quand soudain la sonnerie du téléphone retentit tu veux bien répondre gontrand dit isabelle qui était en train de se masturber car on était mardi ». Textuel, ça, une forme de style révolutionnaire. Y'a aussi les ceux qui n'utilisent pas les voyelles. Leurs textes, à première vue, ressemble à du polonais médical : « bnjr mn chr dt l cmrd d' lbrt n rncntrnt l pr d sn m. »

Et j'en passe, j'en dépasse, en laisse, en conchie tant et plusieurs, des tas, des tonnes, des foules, des cohortes. Forçats de la plume en délire. Coûte que coûte génir. Si pas génial s'abstenir. Et je t'en reviens que Bérurier écriverait, ça donnerait d'autres résultats, plus pleins, plus intéressants.

— Allô, le cousin ? fait la voix.

Le cousin, Pinuche ! C'est vrai qu'il a quelque chose d'éternellement cousin, le Craquant. Ce lien de parenté fragile, déjà ténu, soluble, et qui fond dans le grand bol des familles, survivant peu et mal, atrophié au départ, cousins et sines, les colibris de la volière. Cousin Pinaud rétorque donc par ma voix imitative :

— J'attends.

— Vous me recevez bien, malgré la tempête ?

— Trois sur cinq quand vous êtes à la hausse.

— On dirait que ça va mieux, votre traumatisme.

— En effet, ça va mieux.

— Ah, tout le monde se fait vieux, reprend mon interlocuteur qui a mal entendu. Ma tante vous demande d'alerter la cousine, qu'elle vienne vous rejoindre.

— Par ce temps ! lâché-je.

— On peut tout de même encore y marcher sur votre île, non ?

— Évidemment.

— Alors prévenez-la par la méthode six.

— La méthode six ?

— Oui, la six, ordre de ma tante.

— Mais...

— Quoi ?

Je contrefais la Pine à s'y méprendre.

— Rien, je... Moi, c'est la mémoire.

L'autre est censé me connaître (me mis pour Pinaud) car il ricane :

— Oh ! la belle verte ! A très bientôt, cousin.

Contact interrompu. J'ôte le casque. Mes oreilles sont brûlantes et je transpire.

Les autres me détoisent, anxieux. Béru annonce :

— Je crois que le pauvre biquet va mieux. Il respire calm'ment maint'nant.

J'en suis plus qu'heureux.

Et les voici qui m'attendent des choses définitives, ou du moins progressantes.

— Alors, monsieur le commissaire ? risque Le Guennec.

— Notre ami a une auxiliaire dans l'île. Il dispose d'un moyen de l'alerter. Il ne peut s'agir de ce poste. La méthode six... La méthode six...

— Peut-être un talkie-walkie ? hypothèse Maumau.

Je me mets à rire.

— Non, j'y suis : une fusée. Une fusée verte. Le correspondant m'a dit « Oh ! la belle verte ! ».

On se met à la recherche.

Le bungalow est mignard, on fouille tout sans rien dénicher. Pas de fusée. Cette construction vacancière est vide.

Pourquoi l'autre a-t-il eu cette boutade ? « Oh ! la belle verte ! » Il a balancé cette phrase comme pour m'aider, moi Pinaud, un brin vieux crabe sans mémoire. Comme on souffle la bonne réponse à un élève maldoué.

— Il y a des fusées ici, tranché-je, et ma fermeté fait plus et mieux pour mon prestige que la médaille du Mérite Immérité.

— Attendez, dit Béru, pratique.

Toujours pratique. Sa vie, c'est ça : pratiquer. Faciliter. Traduire de l'embrouille. Langage simple, raisonnement fruste, la belle life, simple et tranquille. Merci, papa.

Le Gros sort un bref instant.

Revient.

— Eh bien ? je lui demande.

Il me désigne la fenêtre à petits carreaux. Et derrière

le vitrage, on regarde foirider des boisseaux d'étincelles, qui tourneboulent sur elles-mêmes, qu'ensuite un grand « plouff » s'opère et que tu vois le dardage magistral et tantisoit incurvé d'un trait de feu qui monte dans les bourrasques, cherchant sa voix (lactée), filant haut et sûr, explosant à bout d'orbe pour donner une grande et belle et radieuse clarté tranquille, d'un vert émeraude, qui s'installe là-haut dans les zéniths infinis, comme accrochée au toit noir du ciel, luttant contre l'emprise des nuages déferleurs ; et qui balance doucettement, s'étale, illumine, poudroie, fuligine, s'anéantit progressivement, feu né du feu, affaibli par son épanouissement, mourant d'avoir trop bien fait.

Et, à présent, salut tout le monde ! L'embryon de faux jour agonise, rend l'île échevelée à la traîtreuse nuit de Bretagne en furie.

— Où se trouvait-elle, cette fusée, l'Artiste ?

— Toute prête, sur le balcon, attachée au montant du balustrade.

Il a le triomphe calme et le maîtrise sans difficulté, il le tient à distance d'orgueil, comme un domptcur son fauve, lequel recule devant sa piquc.

— Il ne nous reste plus qu'à attendre, dis-je.

— Attendre qui ? demande Le Guennec.

Le veau ! Ciboulot inerte. Cellules fondantes !

— Bé : la cousine, réponds-je.

Le cher docteur Aucéanonoxe se met à ronfler avec une bruyance qui fait peur et mal aux trompes. Je supprime différentes sources lumineuses dans la maison, ne laissant subsister qu'une loupiote.

— Et maintenant, on nc parlc plus, dis-je d'un thon (puisqu'on est en plein océan) sans réplique.

CHAPITRECH DIX

La mission

On entend très bien son pas sur la lande. Un pas pressé, agile, pas de femme, de jeune femme, pas imminent, qui papatte, qui mille-patte.

Puis, le pas sur le balcon-terrasse en planches.

Enfin, le pas stoppé sur le paillasson de caoutchouc. Le loquet tourne. Elle entre. D'emblée, elle découvre les deux hommes allongés au sol : Pinaud et le vieux doc blindé. A cause de leur duo de ronflade. Cette compétition de végétations engorgées est assez spectaculaire. Rien de plus sinistrement cocasse que deux forts ronfleurs aux prises. L'empoignade farouche des mutilés du sommeil. Scieurs de long. Sieur Delon. Chieurs de l'ombre. Elle s'approche. L'un de nous autres autres fait un bruit qui la sursaute ; elle nous aperçoit dans le clair-obscur. Guet-à-pens ! La voilà en Jehanne of Arc résignée. « A toi de jouer, Cauchon ! J'suis pas ignifugée mais je t'emmerde et Charles Sept ne deviendra jamais Charles Seven. » Bras croisés, calme, limpide, gonflée comme les voiles z'au loin descendant vers Harfleur.

Ce qu'elle est altière. Bioutifoule en diable, Marie-Marie avec son jean très seyant (et tressaillant) son blouson de cuir râpé, à col de fourrure synthétique, son visage poncé par les embruns, son bonnet de laine rouge, ses bottes basses de gauchotte, ses cheveux en garcette sur son front ruisselant de poussière océane.

Elle nous médite un peu et laisse tomber :

— Tiens, c'est nouveau, ça.

Après quoi, elle demande en désignant Pinaud :

— Qu'est-il arrivé au vieux melon ?

— Quelqu'un l'a estourbi, renseigné-je.

— Qui donc ?

— Point d'interrogation, à la ligne.

— C'est grave ?

— On prie pour que non.

— Alors, il a fini par vous mettre dans le coup ?

— Qui ça ?

Ma question la déroute. Elle réfléchit, hoche sa jolie tête mouillée.

— Qui a fait partir la fusée ?

— Ton tonton, tontaine et tonton, ricané-je en me réprimant de la prendre dans mes bras et de goûter sa bouche toute froide du dehors et toute chaude du dedans, à l'inverse d'une omelette norvégienne qu'on te sert immanquablement dans les banquets.

— Quelle idée !

Bérurier qui vient seulement de s'arracher à ses stupeurs s'approche, les poings z'aux hanches (des hanches incurvées à l'extérieur).

— Mande pardon, le moustique, déclame-t-il gravement, si tu permettrais, et même si tu pas, j'aurais des questions à te poser. J'sus ton tuteur.

Il désigne un siège :

— Assoye-toi qu'on cause !

Docilement, en nièce sage, elle dépose sur une chaise indigne une royale partie de son merveilleux individu, comme l'écrivait naguère Mme Halimi dans sa biographie de Jacques Chazot. Elle continue de nous suaver de son regard tranquille.

— 'coute-moi bien, pie borgne, commence tonton Bérurier en massant ses mains énergumènes, j'aime pas qu'on m'ferait un enfant dans l'dos. Les combines louches, j'veux pas. V'là pourquoi tu vas m'bonnir rectal c'qu'tu maquilles dans c't'île de merde avec le Pinuche, des postes z'émetteurs, des fusées éclaireuses et tout un cheni de bordel qui m'défrise les poils des fesses, la môme, prends-y garde. Que ton onc', si c'est l'bon mec, c't'aussi l'homme qu'aime pas qu'on y court su' la bite. Il a ses patiences, mais z'aussi ses limitations. Y tolère un moment, et pis y n'tolère plus. Et quand y n'tolère plus, ton onc' Alexandre-Benoît, la mère, y d'vient pis que fou-furieux, kif l'éléphant qu'on a voulu faire un nœud à sa trompe, si tu comprends c'que causer veut dire ?

Il tousse de diatribe.

Une ponctuation silencieuse succède.

Puis il dit encore, mais péremptoirement, d'une voix plus appuyée qu'un tampon sur un document officiel :

— Cause !

Et donc, Marie-Marie comprend bien qu'elle ne peut mentir. Pas même biaiser. Notre besoin de vérité n'est pas différable. Elle doit.

— C'est vot' vieux boss, attaque-t-elle. Avant-hier matin, comme j'allais chercher mon bus, il est passé en bagnole près de moi et s'est arrêté. Jamais j'l'avais vu si aimable, ce croquant. Tout miel, tout tendre... « Oh, ma chère Marie-Marie, ma chère jeune fille, vous êtes la personne que je cherchais ! » Vous mordez le style ? Au début j'ai cru qu'il cherchait à emballer, Pépère, et j'me tenais sur mon quant à moi, salingue comme vous le dites. Surtout qu'il m'a fait grimper dans sa charrette et m'a conduite à la Fac.

« Je redoutais qu'il stoppe dans un bois et qu'il m'envoie la griffe quelque part, ce croûton. Mais non, c'était vraiment sérieux. Il m'a expliqué qu'il s'agissait d'une mission de confiance. Qu'il lui fallait quelqu'un d'innocente apparence pour manœuvrer. Ça consistait à couvrir Pinuche, lequel était chargé d'un truc délicat dans cette île.

— Quoi, comme truc délicat ? aboie le Gros.

— J'sais pas, il m'a seulement précisé ce que j'avais à faire.

— Et ça consistait en quoi-ce ?

— Venir à Nichemar'h comme une jeune touriste, avec un sac tyrolien. Prendre une piaule à l'auberge de la mère Trutrude, en demandant qu'elle donne sur l'arrière de la maison. Ensuite, votre vieux forban m'ordonnait de rester à l'affût à la fenêtre sans désemparer de dix heures du soir à minuit. « Prenez vos précautions avant, m'a-t-il déclaré, comme on conseille à des gamins de la maternelle de faire pipi avant d'entrer en classe, il se peut qu'une fusée verte soit tirée. Or il y aura de la tempête cette nuit-là et elle sera peu visible, il n'est pas question de la rater. S'il n'y a pas de fusée, rentrez à Ploumanac'h Vermoh par la navette du lendemain. S'il y a une fusée, il a continué, vous décachèterez l'enveloppe que voici et vous vous conformerez aux instructions qu'elle contient...

J'interviens :

— Qu'elles sont ces instructions, mon chou ?

— D'abord cesse de m'appeler mon chou, rouscaille la musaraigne, je déteste. Ensuite, ajoute-t-elle, j'ai le regret de vous dire qu'on m'a fauché l'enveloppe.

***

Le silence qui suit n'est pas de Mozart, comme je me complais à le ressasser, mais de Bérurier.

L'œil électrifié, le buste en bronze verdegrisé, il

reste planté devant sa nièce, couvrant sa pupille d'une pupille féroce.

— J'te d'mande pardon, dit-il comme un supplice, répète voir si j'aurais bien compris ?

— On m'l'a volée, oui, assure Marie-Marie sans excès d'émotion.

— Tu veux dire qu'tu l'as perdue, mouais ! Ma prop' nièce, presque ma fille naturelle, une mission d'confiance et elle m'perd l'enveloppe, charogne de merde ! Sa première mission d'confiance. Et qui qu'y lui la confie, c't'mission ? Le big boss en personne. Et pourquoi t'est-ce y s'a adressé à elle ? Parce qu'elle est ma nièce légitime. Et la v'là, vous savez pas ? Qui me perd les instructions. Une gosse que j'ai élevée de mes propres mains, sans compter, ni marchander. Beurre à volonté, vitamines quand y'avait grippe à la clé. Toujours fringuée faut voir comme. Une fille dont j'lu ai enseigné la politesse, les raffineries du savoir viv', tout ça ! Qu'a fréquenté les meilleures écoles. Que j'lu ai faite faire sa première communion. A qui j'ai offert un Solex neuf. Le Vieux y confie une mission et une enveloppe, et c'te gourdasse me perd l'enveloppe comme ça serait été des lunettes de soleil ou une paire d'gants !

Miss Tresses (ex, car elle s'est coupé les tifs récemment) explose.

— Hé, dis, Tonton Cervelas, écrase un peu. Je l'ai pas perdue cette chiasserie d'enveloppe : on me l'a volée. Vo-lée ! J'y peux quéqu' chose, des fois ?

— Comment était-elle ? demandé-je.

— Banale, en papier kraft, mais scellée à la cire. Votre Bonze m'a dit qu'il ne fallait l'ouvrir qu'en cas de fusée, sinon je devais la lui rendre intacte, demain matin.

— Pourquoi dis-tu qu'on te l'a volée, Marie-Marie ?

— Parce que je l'avais placée dans mon sac tyrolien, Antoine. Une fois dans la chambre, j'ai bien vérifié qu'elle se trouvait dans la poche plaquée du sac. Ensuite je suis allée me balader dans l'île. En fin d'aprème, je suis revenue à l'auberge. L'enveloppe se trouvait toujours dans le sac. Je vérifiais à tout bout de champ parce que son sceau m'impressionnait. Ça lui conférait quelque chose de solennel qui m'intimidait, tu comprends cela ?

— Très bien, ensuite ?

— Le soir venant, j'ai commandé des sandwichs. Et puis je vous ai aperçus qui arriviez au port. Alors j'ai ramassé ma bouffe et une bouteille de bière et je suis allée m'enfermer dans la petite turne. J'ai mangé et bouquiné en attendant qu'il soit dix heures. Ensuite je me suis mise à guetter. Ça a duré... C'est difficile de regarder toujours dans la même direction, sans broncher. Il y a eu cette fusée, enfin, alors que je n'y croyais plus. Je me suis précipitée sur mon sac : misère, l'enveloppe s'était envolée. On me l'avait prise.

Je gamberge un peu.

— Dis voir, mon chou.

— Ton chou, il te dit merde, s'emporte l'irascible pécore. J'ai un prénom, même qu'il est double, alors sers-t'en !

— Pardonne-moi, mon chou. Et explique-moi comment il se fait que tu sois venue ici ?

Elle hoche sa tête de linotte.

— Pas dur. Je t'ai dit qu'après mon arrivée à Nichemar'h je me suis promenée. Mes pas m'ont conduite jusque dans ce village de bungalows. A distance, j'ai vu le Père Pinuche qui s'installait dans celui-ci. Ne trouvant pas la lettre aux instructions, tout à l'heure, je me suis dit qu'il fallait au moins faire quelque chose. La fusée ayant été tirée d'ici, selon mon estimation, je suis venue voir ce qui s'y passait.

Correct. Je ne trouve rien à objecter.

— Ainsi donc, on t'aurait volé l'enveloppe pendant que tu commandais tes sandwichs à la vieille ?

— Xactement.

— Cela représente un laps de temps de combien, environ ?

Elle réfléchit :

— Je ne sais pas, entre une dizaine de minutes et un petit quart d'heure.

— La vieille était là ?

— C'est elle qui me confectionnait les sandwichs.

— Et son assistant, le demeuré ?

— Aussi, il soutirait du vin dans des petites bouteilles.

— Donc ni l'un ni l'autre n'a pu te piquer l'enveloppe ?

— Non.

— La perte de cette enveloppe n'est pas grave, dit Le Guennec. Puisque vous connaissez le correspondant de votre ami (il montre Pinuche au sol), vous n'avez qu'à lui demander des instructions !

Il tapote le poste émetteur.

Et il n'aurait pas dû.

***

Alors là, pour ne pas devoir, il n'aurait franchement pas dû, l'officier de police Le Guennec, fonctionnaire consciencieux, bien noté, ombrageux de caractère, certes, mais ne marchandant point sa peine. Père de plusieurs enfants dûment conçus le samedi soir. Propriétaire d'une Renault 14, d'un F 4 avec réfrigérateur et télé couleurs, d'un livret de caisse d'Écureuil garni du maximum autorisé, d'un appareil photographique Nikon. Marié à une dame croulante d'avoir mal maternisé ; breton depuis peu après la formation du Massif Armoricain.

Ah ! là là ce qu'il n'aurait pas dû !

Car le fait de tapoter ce poste déclenche tout un processus (et non pas *procès-suce* comme d'aucuns se figurent — de con —) dont voici les grandes périodes.

Primo, une forte détonation se produit qui brise les vitres, meurtrit nos tympans et disloque l'appareil. Secundo, des éclats de j'sais-pas-quoi fouettent à toute volée le bénouze du policier à l'hauteur de la braguette. Le Guennec se met à hurler comme : un beau diable, un putois, à la lune, avec les loups, à la mort, le vent, des freins mal réglés. Tertio, le brave collègue dénoue presto sa ceinture, tombe son futal, et on exclame d'horreur en voyant son slip rouge de sang. Haché, brûlé, en lambeaux. Fiévreusement, il s'en défait.

Quelle vision dantesque, et même dantonesque, bien que ce soit la tronche qu'on ait sectionnée à Danton. Tout dans les couilles, Majesté ! Ça confiture mochement sous sa jauge à chaglatte, Le Guennec ! Un magma de misère. Une de ses burnes pendouille au bout d'un long filament, pareille à un yoyo à bout de course.

— Je t'en prille, Le Guennec, gronde Bérurier, d'vant une jeune fille, déballer ta panoplie, j'sus pas d'accord. C'est pas parce qu't'endolores des siamoises qui faut chiquer les guesibitionisses ; ou alors va aux gogues t'remett' de l'orde dans les éprouvettes.

Mais notre cher collègue n'est pas conditionné pour une leçon de morale.

— Mes couilles, mes couilles ! il sanglote.

— Et alors, tes couilles ! tonne Béru, d'abord, fais-moi l'plaisir d'pas employer l'futur vu qu'y t'en manque une et que l'aut' j'te l'échangerais pas cont'un paquet d'Ariel. Marie-Marie, tu voudrerais bien m'faire l'plaisir d'te retourner, que c'est pas un spectac' pour une jeune fille d'ton éducance.

Le maire décide qu'il faut ranimer le toubib coûte que coûte et s'active, armé d'un seau d'eau et d'un torchon. On étend Le Guennec sur le plancher. C'est le vrai boulevard des allongés, cette carrée. L'hosto de campagne. On joue « *Verdun terre brûlée* », ce soir, dans l'île de Nichemar'h...

Tout se complique. A mesure qu'on avance, le sol cède sous nos pinceaux, mes camarades. Ça canne, ça saute, ça tempête. Cette île, c'est mon Saint-Hélène.

— Viens avec moi, Maumau.

— Où ça ?

— Ailleurs.

Il n'ergote pas, boutonne sa vareuse délavée, me file le train.

— J'y vais aussi, décide Marie-Marie.

— Non, la môme, toi tu restes à surveiller les blessés et aider le docteur à se dessouler ! aboie le Molosse.

La musaraigne secoue la tête.

— Il me fatigue, ce sac à oncle, dit-elle : il s'imagine toujours que j'ai huit piges !

Et elle nous rejoint dans la tourmente.

CHAPITRECHA ONZE

L'épopée

Elle est en limouille de noye, la mère Trutrude. Vaporeuse, dans les rose saumon ; parée pour la manœuvre, comme si un noctambule blasé était susceptible de se pointer pour la calcer au saut du lit, la grand-mère pipeuse. Les radasses dételtent jamais complètement. Elles s'accrochent à des galanteries de leur haute saison, quand elles soutiraient à pleins seaux les matous en chaleur. Ses cheveux bleus moussent, nimbant sa old tronche de lady des bordels.

— Pardon de vous réveiller, jeté-je.

— Je ne dormais pas, je vous attendais ; tiens, la petite est avec vous, je l'ai entendue se lever et je me demandais où elle pouvait bien aller...

Elle sourit pincé, ayant omis d'enfourner son râtelier. Sa bouche écarlate, toute plissée, ressemble à un coquelicot fané.

— Vous êtes tout trempés, les gars. Je vous prépare un grog ou un vin chaud ?

Maumau répond qu'un grog lui conviendrait au poil. Notre hôtesse biche en geignant une casserole cabossée sous son bar, allume un réchaud Butagaz. Elle est toute joyce de nous. N'a pas sommeil. Les vieilles n'ont jamais sommeil. Ou alors ça les prend peu avant de mourir, comme une langueur de printemps, une grande mollesse abandonnante. Elles se mettent à roupiller à fond, pour s'essayer à la mort. Et elles comprennent que ça ira, et alors elles meurent sans encombre.

— Trutrude, lui dis-je, je suis dans la béchamel jusqu'au menton, et elle fait des grumeaux, et elle est tiédasse, pouâh !

Elle me mate un coup, tout en laissant dégueuler son flacon de rhum dans sa casserole.

— Eh ben, mon fils, change-toi les idées : t'as une mignonne souris sous la main.

Je cueille Marie-Marie par la taille. Sa hanche est frémissante, avec une chaleur de lit.

— Merci du conseil, dis-je, mais avant de songer au bonheur, il faut liquider le turbin. Vous pouvez m'aider, Trutrude, et c'est parce que j'en ai le sentiment que je vous ai fait lever.

Elle rigole, canaille :

— T'aider, ça dépend à quoi fiche, garnement. Il fut un temps, je t'aurais fait oublier jusqu'à ta date de naissance. Mais je ne suis pas plus appétissante, à présent, que la poubelle que je traîne sur le pas de ma porte le matin.

Je la laisse déguster ses sous-entendus fripons puisque c'est tout ce qui lui reste. J'en rajoute en lui assurant qu'elle est encore rudement sexy et que des nières de son gabarit ne sont jamais bonnes pour la casse.

— Vous pouvez m'aider à piger quelque chose qui m'échappe, Trude, et à alpaguer quelqu'un qui m'échappe plus encore que le quelque chose. Pour tout vous dire, il se trouve à Nichemar'h, au moment où nous parlons, un ou plusieurs loustics capables de tout et en particulier du pire. Des gens qui ne sont pas vus, qui surveillent toutes les allées et venues, tous les faits et gestes et qui frappent à leur convenance lorsqu'ils le jugent opportun.

Bien dit, non ? Tu croirais lire un chapitre de « Fantômas ». Manque même pas le bruitage sinistre de la tempête qui fait « hou haou ou » dans tous les orifices qui se présentent.

— C'est pas marrant, mon gars, conclut-elle. Cela dit, je ne vois guère comment je pourrais t'aider à découvrir tes loustics.

— Par votre jugeote, ma Trutrude. Ici, vous êtes la vigie, pour ainsi dire. Vous voyez tout et tout le monde. Votre estaminet est le cœur du pays. Tout se passe entre ces quatre murs. Ce que vous ne voyez pas, vous pouvez le deviner, grâce à votre intelligence et à votre psychologie. Le problème est le suivant : comment des gens venus d'ailleurs peuvent-ils se planquer et tout voir ? Car, fatalement, ces gens ne sont point des natifs d'ici. La population de l'île est paisible. A l'extrême rigueur, on pourrait admettre une complicité, mais les actions de commando sont le fait d'autres gens.

Cc qu'il y a de bien, avec les douairières à remballer, c'est qu'elles prennent toujours très au sérieux les missions que tu leur confies. Demande-leur n'importe quoi, jamais elles t'enverront chez Plume, ni se déclareront impuissantes. Au contraire, un boulot confié les stimule. Elles en mouillent encore, ces sèches.

La Trutrude, faut mater son comportement dans le rôle de « Dame Sherlock sur le sentier de la Vérité ». Elle va à son comptoir, ouvre un tiroir, y prend une pipe qu'elle bourre de tabac blond. Allume. La v'là en bouffardage, milady. Lâchant des pets de fumée claire. L'œil mi-clos. Hagarde dans sa robe de nuit saumonée, sa chevelure bleue en ébouriffade, des reliquats de maquillage achevant de se délayer dans les sillons de ses rides.

Fière d'elle. Théâtrale. Véry superbe. Elle gratte furieusement ses miches dévastées par les intempéries, l'âge et tant et tant de queues furieuses. De pauvres fesses tombantes, inertes.

Elle s'approche de la porte de son bistrot, écarte le rideau haillonneur pour visionner l'extérieur.

— Venir ici sans attirer l'attention, c'est facile. Chaque jour, par temps normal, la navette apporte un petit contingent de touristes, même quand ce n'est pas la saison. L'île est pittoresque. Son église possède un rétable du seizième siècle qui...

Elle se tait, volte, revient à nous.

Tandis que le rhum bouillant s'échappe de la casserole oubliée sur le réchaud.

— Eh ben voilà, mon gars, me dit-elle en me piquant le poitrail du tuyau de sa pipe. Eh ben voilà, j'ai trouvé : l'église. Y'a que dans le clocher que des types peuvent se planquer et tout voir car il domine toute l'île. Ici, y'a pas de cureton régulier. C'est un recteur du continent qui vient célébrer la messe le dimanche quand il ne fait pas de gros temps. Des rigolos qui se planqueraient dans le clocher s'y feraient du lard car personne n'y monte jamais depuis qu'on a remplacé l'escalier démantelé par une échelle. Le marguillier a quatre-vingt-huit ans et marche avec deux cannes. Il ouvre la porte le matin, la ferme le soir et fait donner un coup de balai le samedi par sa fille.

Trutrude rembecque sa pipe.

— L'église, mon gars, l'église, je te parie ma culotte.

Du coup, j'espère de toute mon âme qu'elle n'aura pas à me la donner.

***

— C'est fermé à clé, chuchote Maumau, désappointé.

— Normal, fais-je en dégageant mon sésame.

Rien de plus naïf que ces serrures d'église. Un enfant de deux ans les ouvrirait à l'aide de son hochet. Je la crique-craque en moins de temps qu'il ne t'en faut pour déboutonner le corsage d'une dame lorsque tu portes des moufles.

La porte grince tellement que tu croirais le passage d'un train de marchandises dans un virage. Le vieux marguillier ferait bien de se servir de burettes lui aussi. Je pousse très lentement, en essayant de soulever la lourde pour calmer ses cris. Heureusement que le fracas de la tempête domine tout, ensevelit tout sous son féroce déferlement. Imagine toutes les chasses d'eau du monde en action dans un même lieu et tu te feras une approximative idée de la chose.

L'église sent le salpêtre et le cierge moisi. Il y règne (on dit toujours comme ça pour rendre compte d'une ambiance, nous autres romanciers célèbres : il règne une atmosphère de fête, il règne un climat de confiance, il règne ceci-cela) un froid glacial, ce qui est préférable à un roi tyrannique, non ?

Je fais signe que chut à Marie-Marie et à Maumau. Pour plus de sécurance, j'ôte mes targettes afin de traverser l'église sans signaler ma présence (comme on dit encore dans nos bouquins. On « signale » sa présence. Y'a des mots, tu ne peux pas y couper, que sinon t'as pas l'air capable).

Parvenu au chœur, j'oblique sur la droite, là que pendent les cordes des cloches. L'obscurité est épaisse, mais la loupiote rouge suspendue devant le tabernacle répand une lumière qui suffit pour se repérer. En examinant de mon mieux les lieux, j'aperçois une échelle appliquée presque à la verticale contre le rebord d'une plate-forme. Et ensuite, sur la plate-forme, l'est une seconde échelle qui se perd dans la nuit (en anglais : in the night).

Tu suis bien le topo, mon grand ? Pas de questions avant que je fonce dans le bigntz ? Une fois dans la croisade, je réponds plus au téléphone, l'ami, gaffe-t'en bien.

Je me munis de mon stylo-lampe au minuscule rayon et je mate le sol. Y découvre des traces de pas, et aussi des petits tas de poussière de plâtre tombée de tout là-haut. Voilà qui conforte l'idée de la vieille. Dieu soit loué : elle n'aura pas à m'offrir sa culotte. Les barreaux de l'échelle sont souillés de boue encore fraîche. Bravo, Trutrude : il y a bel et bien des locataires dans le clocher, et ce ne sont pas des corneilles.

Je prête l'oreille. Le silence me la rend, intacte. Silence tout relatif puisque la tempête, tu ne l'oublies pas ?

— Alors ? me flûte Marie-Marie.

J'applique mes lèvres contre son mignon pavillon.

— Tu vas attendre ici avec Maumau, moi je vais monter voir.

Mais Maumau qui a entendu, ce fin tympan, me biche par un revers.

— Je possède une acuité visuelle très au-dessus de la moyenne. Dans la marine j'avais le meilleur coefficient. Je grimpe pour jeter un œil.

Il a de l'autorité, le bougre. A preuve : le voici qui s'engage sur la première échelle. Et on voit que les haubans, pataras et toutim lui sont familiers, car il s'élève prestement, ce malin. Tel un rat contre un mur. Et sans bruit. Il cesse d'être parmi nous. Je tente de suivre son ascension, mais il a déjà atteint le palier sur lequel repose la deuxième échelle. Un froissement léger. Le vol d'une mouette est plus bruyant.

Ne me reste plus qu'à attendre le rapport de la patrouille Maumau.

Pour tromper les minutes incertaines, je saisis Marie-Marie par l'épaule.

Elle a ce mouvement pelotonneur des femmes amoureuses dans le noir. Une recherche de l'épaule pour se blottir. Ses cheveux frôlent mon cou. Je perçois les cognements de son cœur. C'est merveilleux, une jeune fille aimante. Tu sens flotter son désir à sa surface. Mais il reste peureux cependant et te fuit la main comme une savonnette dans ta baignoire.

On reste un bout d'instant ainsi, pétrifiés par je ne sais quelle langueur bienfaisante. Je tourne mon visage vers le sien. La chaleur de ses lèvres guide les miennes et voilà-t-il pas que je l'embrasse, bougre de grand saligaud qui ne respecte rien et fait panard de tout.

C'est un bon grand vrai baiser, profond, si tu vois ce que je veux dire, avec deux langues cabriolantes et qui s'affolent et qui précèdent tout. Ah ! le rôle de ces deux petites jauges à amour ! Leur diabolique agilité, leur suave agilité, leur agilité enamourante que si tu voyais cela chez un tripier, cependant, tu irais au refil ; quelle horreur ! Ou même juste une radiographie de nous deux, imbriqués comme, tyrolienne de placard ; merde, la vie est salement belle.

On s'engouffre de plus en plus fortement, oublieux de la situation, quand un froissement trouble l'imparfait silence et qu'un monstre bruit le conclut.

Chplaouffff !

C'est le gars Maumau qui vient d'atterrir, tête première sur les dalles humides. Il reste au sol, les bras en croix, ce qui, compte tenu du lieu, est circonstanciel, moi je trouve. Je l'examine à la faveur (comme y'en a qui diraient) de mon stylo-lampe. Il a le crâne entièrement défoncé, le Jean Bart de Ploumanac'h Vermoh. Cassé comme un œuf tombé du panier. *De profundis !* Le cher garçon. Ah, mais il commence à être bigrement vénéneux, l'îlot.

La belle-sœur à Tango poignardée, Pinaud assommé, Le Guennec éburné, Maumau décervelé, voilà qui devient malsain.

Marie-Marie regarde, louchement fascinée par l'horrible spectacle. Là-haut, pas un bruit. Mais va-t'en repérer une présence dans le mugissement de la tempête ! Va-t'en, gros malin.

— Tu crois qu'il est tombé tout seul ? balbutie ma petite camarade.

— Je n'en sais rien, ma poule.

Elle est tellement traumatisée qu'elle ne pense pas à regimber devant le « ma poule ».

— Qu'est-ce que tu vas faire ?

J'hésite. Grimper à mon tour serait téméraire. Voire même folie pure (et, comme le dirait Roberval : je pèse mes mots !) Pourtant, est-il d'autre alternative ? Hmmm, franchement.

— Non ! exclame à voix basse ma tendre petite camarade.

— Ne t'inquiète pas, rassuré-je.

— Si, je m'inquiète : j'ai pas envie de devenir veuve avant d'être mariée.

Elle se tait, surprise par ma conduite. En effet, Santantonio agit comme suit : il prend la corde d'une des cloches et, la tenant entre ses dents, il gravit quelques échelons de la première échelle. Après quoi, il attache ladite corde (dont on ne doit pas parler dans la maison d'un pendu, mais je m'en fous) à sa taille, laissant dépasser une bonne longueur. *You see, my dear ?* De la sorte, si je suis amené à lâcher prise, j'irai pas bouffer les vénérables dalles et resterai suspendu par les aisselles. Pas foireux, ce coup-là, hein, Ninette ? Troisième précaution, je dégaine mon pistolet et l'attache à mon cou au moyen de ma cravate, car je suis un de ces dingues maniérés qui mettent encore une cravetouze.

Et hop : joue à la grenouille, mon chérubin !

J'escalade ma petite échelle lentement, vu que plus je m'élève, plus le poids de la corde augmente.

Jusqu'à la plate-forme-relais, ça boume. Ensuite, je suis tiré en arrière et il me faut m'arc-bouter davantage à chaque échelon gravi.

Le vent feule comme cent tigres en rut dans ce clocher. Je m'arrête pour reprendre haleine, le regard braqué vers le haut de la seconde échelle.

Et alors j'aperçois tu sais quoi ? Dix francs et je te le dis ! T'as pas de fric sur toi ? Tant pis, je te le dis à l'œil. J'avise deux mains posées sur les deux montants de l'échelle. Je les aperçois l'espace d'un éclair, c'est le cas de le dire vu que c'est à la faveur d'un grand éclair que la chose m'est découverte. Voilà l'explication du plongeon exécuté par Maumau à l'instant. Une brutale secousse et le pompier est déséquilibré. Donc, la mère Trutrude ne sera pas déculottée ce soir et son poilu de Verdun restera au chaud. Que faire ? Même en m'agrippant de toutes mes forces aux barreaux, il me sera impossible d'atteindre le clocher, sans compter que si je ne lâche pas prise, le gonzier du haut emploiera d'autres moyens plus efficaces pour me neutraliser. Il est en position de force et Bibi n'a pas grand-chose à espérer.

Donc, situation critique. Je me convoque pour une réunion au sommet (j'y suis presque déjà) à laquelle je participe immédiatement et je vote l'ordre du jour à la majorité absolue, lequel ordre du jour déclare que je dois mettre mes os en lieu sûr dans le plus bref des laids, comme aurait dit Toulouse-Lautrec.

Et ce que j'accomplis, mon ami, dans la seconde qui succède oui, j'ose l'écrire en t..t.. lettres, ce que j'exécute relève du cirque, de l'athlétisme, du sapeur sans reproche Camembert et pompier. C'est une prouesse. Un coup magistral, majuscule. Du grand dard. Duglandard. Faut avoir chaud aux yeux pour tenter ça ; en tout cas ne pas y avoir froid. Avoir des testicules gros comme des melons, et pas qu'ils soyent creux ! Bon, assez préludé, je te narre.

Je fais venir jusqu'à moi la corde de la cloche dont le bas est noué à ma taille. L'empoigne. Puis j'enquille une jambe à travers deux barreaux. Tu suis bien ? T'imagines la gravure ? Le San-A, aux deux tiers de l'échelle, tenant la corde de la cloche à deux mains, et se maintenant à l'échelle par une jambe ? C'est admis, visualisé ? Merci. Dès lors, je prends un élan formidable et me jette en arrière, les mains bien crispées sur la corde. Il se passe quoi ? T'as deviné ? Non ? Va te faire mettre ! Enfin, bon, puisque c'est toi... Eh bien, il se passe que j'entraîne l'échelle, comprends-tu, Saucisse ? Et que le tordu qui cramponnait ses montants, là-haut, brutalement pris au dépourvu, bascule en avant. Il tenait trop fort, prenait trop appui sur ces foutus montants.

Alors, ce pauvre mignon va becqueter du vide. Et il trouve pas ça à son goût, le nœud volant. Il s'offre un grand cri style : « Aaaahhhhhhhhhh chplaouffff »

Au passage, il m'a meurtri l'épaule et j'ai failli lâcher prise. Reusement que je tenais à deux pognes. Je me laisse glisser le long de la corde. Et la cloche, là-haut fait « Bluingggg » et puis, un instant après « bluongggggg ». De quoi en attraper le bourdon !

Marie-Marie a poussé un cri aussi, la pauvrette.

Merde, j'espère qu'elle a pas dégusté Pierrot sur la coloquinte ? Les paumes en feu, j'arrive entre les deux cadavres. Ma gentille est agenouillée et pleure :

— Mon Antoine, mon amour, je ne veux pas, chéri, je t'adore.

— Heureux de te l'entendre dire, ma poule !

Elle soubresaute.

— Comment, c'est pas toi qui es tombé ?

— Moi, quand je tombe, c'est sur mes pattes, fais-je en la prenant dans mes bras.

Amours, délices et harmonium (y'a pas d'orgues dans cette église). On y va de l'hyper-galoche du je te salue Marie-Marie. Le côté : t'es-pas-mort-non-je-suis-pas-mort-la-preuve !

Après quoi, je m'occupe du second défunt. Il est étranger, cézig'man. Du moins il l'était, car la mort abolit les races. Un mort n'est plus qu'un mort. Il n'existe pas de mort anglais, de mort français, de mort chilien. Juste des morts. Des frères humains qui ont cessé avant nous. Nationalité ! Mort ! Les bricoleries restent pour les vivants parce qu'ils se croient vivants à la suite d'un cruel malentendu avec eux-mêmes.

Ce gars était blond-blé, jeune, costaud. Vêtu d'un futal de pêcheur et d'un caban, avec un maillot rayé par en dessous.

Il est disloqué, il a le regard exorbité ; un grand regard d'horreur qui contient tout le vide qu'il vient de se farcir.

Je le fouille, ses poches sont bien achalandées : un browning, une matraque d'acier flexible à manche de cuir, de l'argent français, un passeport au nom de Gustav Hildbrand, sujet (à caution) suédois. Plus un paquet de cigarettes belges (afin qu'on puisse lui crier fume !).

La cloche, tout là-haut, continue de vrombir. Je

braque ma loupiote en direction du clocher. Mais le faisceau se perd dans le noir. Tout ce qu'il me montre, c'est la deuxième échelle qui, curieusement, s'est bloquée en travers de l'espèce de tour carrée, coincée par une pierre en saillie.

— Ohé, là-haut ! crié-je, montrez-vous un peu qu'on cause.

Mais rien ne se produit.

— Tu crois qu'il y en a d'autres ? demande Marie-Marie.

— C'est à peu près certain. Donne-moi un coup de main, nous allons bien les déloger.

— Comment cela ?

— Chope la plus petite des deux cordes, on va leur sonner les cloches !

— Quelle idée ! s'étonne ma madone.

— Ils ne pourront pas résister longtemps, ma poule, un bruit pareil, à bout portant, c'est insoutenable.

— Oh, classe avec ta poule, fulmine Marie-Marie. Si je pensais que tu continues de m'appeler ainsi après notre mariage, je préférerais demeurer demoiselle.

Toute grommeleuse, la voici qui s'empare d'une corde et s'y suspend. Le rappel la décolle de terre. Là-haut, ça fait diiin-doong.

Je me mêle au concert et nous offrons à la population de Nichemar'h un récital fracassant qui renchérit sur la tempête.

On s'en donne à cloche joie. Breling breloque ! Ding dingue con ! Sonnez les matines, les mâtines, les malines. Tocsin ou angélus ? Les deux, mon général ! Imbriqués, confondus. Une cloche sonne sonne, qu'elle chantait, l'Édith, avec les neuf z'autres qui faisaient bluing bluing par-derrière manière de se manifester.

Et on est emportés dans une frénésie démente. On

tire, on se laisse haler. On retouche terre, on remonte, allez luia, allez luia, allez...

Et soudain, un bruit mat près de nous. S'agit-il d'un projectile ? La chose roule sur les dalles que je te vas qualifier de moussues sans plus attendre, mon sagouin !

Ça va jusque z'au fond du chœur, d'une atteinte imprévue aussi bien que mortelle, vu que ça explose. Un vraoumm noir, bien qu'il soit accompagné de flammes. Les locataires du dessus nous ont largué une grenade sur la poire. Elle aurait explosé en touchant le sol, on se faisait saccagner la ventraille recta, et rectum même, si ça se trouvait. Heureusement, il y a eu ces quelques secondes précieuses z'ô combien ! Re-heureusement que la grenade était ronde, qu'elle a roulé hors champ.

Je ramasse Marie-Marie à bras le corps et l'entraîne dans le tambour battant d'une issue latérale.

Certes, son petit cœur mignon fait du home-trainer, néanmoins elle reste très bien, maîtresse d'elle-même en attendant de l'être de moi, p't'ête bien ; car y'a longtemps que l'idée me trottine, tu t'es nécessairement rendu compte, pas vrai, Minus ? A force de penser à ces choses, elles finissent par arriver. Dans la vie, y'a deux sortes d'événements : les fortuits et les prémédités. En v'là un que je prémédite doucettement, jour after day, guignant la gosse grandissante avec une tendresse qui se teinte de convoitise. Pas concupiscent, l'Antonio. Rien du bellâtre. L'homme, simplement. The man, quoi. The mec toujours soucieux d'assurer son territoire. Marie-Marie, de toute éternité m'est destinée, faut admettre, accepter. Je me la suis mignardée à loisir. Elle m'aime depuis qu'elle voit clair. Jamais je trouverai une meilleure exclusivité. Ça vaut le coup de lui consacrer sa vie, non ? Je me dis que si ça doit exister un jour, une femelle unimâle, ce sera elle. Une femme qui ne regardera personne d'autre, ne sera tentée par aucun jules. Mais c'est du rêve en toc d'égoïste blasé. L'existence érode tout. Elle fatigue les passions. Les arbres croissent et meurent. Le bonheur idem. Tu l'organises, le fignoles, le mets sur orbite. Et il tourne autour de la terre, ce fabuleux satellite, avec toi et elle dessus, enlacés, straussant, s'enivrant, se répétant. Et puis la valse se ralentit, la rotation idem. Et un jour ils s'écrasent tous comme une bouse tombée du fion d'une vache. C'est pas un excrément normal, une bouse de vache. Son aplatissage l'ennoblit. L'amour fini, kif. Bouse de vache. Pas vraie merde, moins résiduel qu'étron courant. Reste de comestibilité, because apparence chlorophyllienne. L'amour digéré n'est pas déféqué, mais étalé. Nuance. L'amour évacué conserve encore des fleurs et des apparences de prairie.

Mais qu'est-ce que je te raconte, moi ; tout ça, à un moment crucial ? Quelle mouche me pique de digresser tout de go ?

Alors, donc, j'ai jeté Marie-Marie au sol, en l'amortissant de mes bras salvateurs. Nous sommes dans le tambour. Je lui murmure : « Chuuuut » dans l'oreille. On attend. Ne plus broncher, on va se le faire à l'endurance avec les mecs d'en haut. Leur laisser entendre qu'ils nous ont carbonisés avec leur grenade. Ils ne peuvent plus s'attarder dans la nasse du clocher, maintenant qu'ils se savent débusqués. Vont fatalement risquer une descente. Seulement, plus d'échelle. Vont devoir emprunter les cordes des cloches. Et ne pourront le faire sans carillonner, ce qui nous préviendra. Attendre. Fouette and scie, comme disent ces Anglais à la mords-moi the nœud. Attendre encore, que tant pis pour le froid glacio-sépulcral qui nous pénètre. Tant pis pour le rhume en préparance que je sens s'installer dans le haut de mon pif. La petite grand-mère trouve la posture agréable. Sa bouche avide cherche la mienne et se comble. Tyrolienne amoureuse. J'en chope une comme un madrier. Le pont de la rivière Kwaï. Et tu trouves que c'est opportun de triquer comme un gorille, Técolle ? Que c'est des manières vis-à-vis d'une jeune étudiante innocente ? Et qu'on est là, en danger, tapis, réduits aux aguets comme la première communauté venue. Oh, je la fais mon auto-critique, va ; sois tranquille. Pas besoin d'aller chercher monsieur Déconne. De fond en comble. Le lessivage soigné de ma garce de conscience, mais j'ai beau, je bande toujours comme une harde de cervidés. Et je me dis que s'il ne se passe pas de l'action de première instance dans les meilleurs délais, je vais me la fourrer princesse, la gente Marie-Marie. Me l'annexer prématurément, à la fleur de l'âge, grand dégueulasse que je suis !

Làlà làlà, quelle honte !

Et elle sent bien que le jour de gloire est en train de se pointer, tu penses. Ce sont des choses que la plus innocente des innocentes pige.

Et bon, ça y est, pour la première fois de l'histoire humaine, je bouscule la paluche dans ses régions réservées, la môme. Lui déboutonne d'un geste net et précis le gros bouton du haut de son jean, celui en métal, qu'est presque coupant. Et à moi la fermeture Éclair. Merci, M. Éclair, vous fûtes un bienfaiteur de l'Humanité. Ô combien de délices, ô combien de malins, combien de capiteux vous résultent, cher génie à tirette quand vous ne coincez pas ! La paluche avant-coureuse, toujours. Va, ma grande, suis ta trajectoire, ton destin. C'est beau, une grappe de doigts, ainsi partis en conquête accélérée. Je sens son ventre chaud et si doux sous ma paume. D'émotion, je m'interromps. Le vrai voluptueux a le courage de prendre son temps. Seul, l'héroïque prend des pieds pour bottes de sept lieues, et se paie des bottes d'asperges. L'extrémité de mes salsifis remue, ma main dépravée glisse, atteint une région inexplorée, un eden frisé indicible (je raffole de ce terme, m'en goinfre).

La merveilleuse Marie-Marie est étendue sur les rivages de l'extase. Ne sent plus la froide dalle meurtrisseuse. Elle émet un imperceptible gémissement. O la plainte de l'amour venant, de l'amour montant, qui fait mal de volupté. L'épreuve de jouissance ! Ravageuse ! Secrète ! Miraculeuse.

A cet instant qu'on approche du grand abandon, voilà-t-il point que, tout là-haut, une cloche fait « bruiiiingggg » de ce qu'on lui cigogne sa corde, la pauvrette.

Allons, il convient de se ressaisir, de se dessaisir, de refaire surface, de faire front. D'aller au devoir, au charbon, à la castagne.

Je galoche ma petite fiancée et je sors mon revolver, ce qui constitue, tu l'admettras peut-être, deux actions assez contradictoires.

Je coule un œil par l'encadrement de la porte. A la lumière rougeâtre de la lampe du maître-autel, j'aperçois une masse sombre qui descend en souplesse depuis les hauteurs. La silhouette ne tarde pas à toucher terre.

— Stop ! intimé-je.

Ma voix tonnante, réverbérée par les voûtes de l'église, fait bondir l'arrivant. Un vrai professionnel du coup de main. La manière qu'il se met en boule et roule très vite au sol. En une fraction de seconde je sais qu'il va me biter si je tarde. Dans ce duel sans merci, les hésitations sont fatales et les atermoiements fataux. Allons-y, Ninette, je le plombe à la volée. Sa culbute est interrompue net. Alors je m'avance, sans cesser de braquer ce corps inerte, redoutant une ruse du style de la mienne. Mais ma loupiote me guérit de mes craintes : le zigoto a morflé ma questche dans le creux de la nuque et le rêve de ses chers vieux parents s'est réalisé : il a du plomb dans la cervelle.

***

— Et s'il en reste un autre ? émet Marie-Marie en me voyant m'élancer le long de cette putain de corde.

La cloche de nouveau sollicitée file sa branlée tocsine dans les grondements hideux de la tempête.

Je ne lui réponds pas. Je joue ma vie sur une impression de flic : celle qu'il n'y avait que deux arcans là-haut.

Je m'élève aussi rapidos que mes biscotos me le permettent. Pas commode à cause du constant frémissement de la corde terminée par une cloche en délirade, que mon escalade paraît chatouiller, et qui se trémousse éperdument.

Mais je progresse pourtant, galvanisé par un impétueux besoin d'en finir, et de triompher. De faire la lumière sur ces confus événements, combien troublants et déconneurs.

Je suc, je tremble de fatigue.

Mais parviens à bout d'ascension.

Un balancement pour me permettre d'atteindre le plancher et zou, me voici arrivé. Quel chahut ! L'enfer sonore ! La tempête hurle et les cloches bourdonnent. On ne sait plus où l'on est, ni comment on va empêcher ses oreilles de saigner. Je repère et avise une lampe à glomifuge bousmuré, c'est-à-dire qu'elle répand une clarté invisible à partir de trois mètres de sa source. Dans sa zone de rayonnement l'on y voit comme en plein jour, mais au-delà de sa limite d'indice fonctionnel à périphase latente, l'obscurité se reforme. Dans le territoire d'éclairement, sont rassemblés des instruments d'optique extrêmement chiadés ; lunette à infrarouge thermo bédolé, viseur d'obtupération concave filandrosique à sermique cavillonné, petafineur d'extrême justesse modulé, et, le fin des fins de la technicité allemande, prix Nobel du bricolage au Bazar de l'Hôtel de Ville : un bourratoire mémorable inversé, grâce auquel, par nuit noire, tu peux mater tout l'horizon comme en plein soleil. Je rive mon œil aux viseurs : un vrai régal. L'île entière m'est offerte. Et il suffit que j'actionne un clitougnard de réglage pour grossir tel ou tel détail, le rendre présent au point de remarquer des comédons sur la frime de gens évoluant à des centaines de mètres de là.

Donc, ici se trouvait bien le P.C. des gens qui ont neutralisé Pinuche.

L'ayant constaté, je m'apprête à redescendre lorsqu'un très léger bruissement me parvient au cours d'une accalmie de tempête. Cela ressemble à une plainte. Tellement que ça doit en être une. Je murette de-ci de-là et autre. Et découvre, tu sais quoi ? Non, alors, si je m'attendais. Écoute, je vais te faire rire : une immense nasse à langouste, ou bien à homard, ou à je ne sais trop quoi, mais longue de deux mètres, en fort grillage. Et à l'intérieur se trouve un gonzier baïonnette au canon, je veux dire bâillonné jusqu'au menton. Tout à l'albuplast. Une largeur de main, de belle main bûcheronne, pas de la paluche branleuse de sous-chef de burlingue à la préfecture, attention !

Pour dépêtrer cet encagé, faut des pinces, vu que les goulets de la nasse sont orientés sens contraire à l'issue, tu ne l'ignores pas, ou plus. Mais j'ai pas de pinces, moi. Je ne suis ni ferblantier ni homard. Tout ce que j'arrive, c'est, en cigognant les mailles du grillage à hauteur de la bouche du prisonnier, à lui arracher son albuplast. Qu'ensuite je traîne le pauvret dans le rond de clarté glomifuge bousmuré.

Ce qui me permet de reconnaître le camarade Tango, plus nanère que nana, et mort que vif, en sanguinolence, ongles arrachés, figure bosselée, complètement pété, avarié de toute part, de la quille à la dunette, avec plein de voies d'eau. Vagissant, en semi-asphyxie. Les fringues en lambeaux. Des yeux comme des gastéropodes, brandis au bout de laides tuméfiances, et mi-ouverts, sanglants comme l'étendard levé ; tout ça... Affreuseté d'homme démantelé, en cours de destruction sauvage.

— Tanguy, ma pauvre loque, je balbutie.

D'en bas, me monte l'organe flûté de Marie-Marie (en anglais Mary-Mary) :

— Antoine ! ! ! ! !

— Oui, ma gosse, que se passe-t-il ?

— Ici, rien, mais je voulais savoir pour toi.

— Tout est O.K.

— Tu aurais pu me rassurer ! Il me semble t'entendre parler.

— Je parle à un copain.

— Et moi, qu'est-ce que je deviens en attendant ?

— Va chez la mère Trutrude annoncer qu'il y a eu du grabuge et qu'on vienne par ici avec des lampes, des brancards et des tenailles.

J'écoute décroître son pas léger.

— Tango, tu m'entends ? Je suis le commissaire San-Antonio.

— Moui moui, il glapatouille à travers sa purée de lèvres.

— C'est les deux rigolos qui t'ont arrangé de cette manière ?

— Non.
— Qui, alors ?
— L'océan.
— Tu veux essayer de me raconter ?
— Vous n'avez rien à boire ?
— Non, mais on s'occupera de toi d'ici pas longtemps. Affranchis-moi en attendant.
— Vous affranchir de quoi, commissaire ?
— Ta présence ici, entre autres.
— Ça faisait partie de mon boulot.
— Quel boulot ?

Il geint dans sa nasse, ce grand triton. Et puis il marmonne :

— M'faites pas jacter pour le plaisir, commissaire, j'ai les lèvres gercées.
— Je te fais jacter pour me mettre au parfum.
— Vous n'allez pas dire que vous ne savez rien ?
— Je ne sais rien.
— Qu'est-ce que vous foutez ici, en ce cas ?
— Ça, fiston, ce sont mes oignons.

Il rouscaille, Tango-la-Nitro.

— J'en ai plein le cul de ces giries de merde. On m'y reprendra à chiquer les héros au service de la France !
— Au service de la France ?
— Enfin de la Poule, ça revient au même, non ?
— Explique.

Alors, en termes plus hachés que ses pauvres labiales, il me livre le récit ci-dessous dont tu voudras bien prendre connaissance sans faire des taches de graisse sur les pages, ni y déposer des crottes de nez, selon ta bonne habitude, parce que t'as beau circuler à bord d'un Sanantonio, c'est pas une raison pour t'y comporter en campingeur dégueulasse, comme si tu bivouaquais au bord de la Nationale 7. Et qu'à force, ça me crispe le cervelet autant que le rectum de voir mes polars tout meurtris de mépris, avec la couvrante arrachée, les pages froissées et plus cornées que ta pomme, et constellé des souillures qui composent la palette de ta pauvre vie foutrique.

Or, donc, il s'est passé dans l'existence de Tango l'événement que voici, deux points à la ligne :

Récemment, il a participé au cassement de la banque Zébulard, là que le big coffiot a été craqué aussi aisément que la tirelire à musique de ton petit garçon. Au cours de cette opé, deux gardiens de la paix (en anglais « of the peace ») se sont fait étaler comme des quilles alors qu'ils se livraient à une ronde malencontreuse, ces veaux. Quelques jours plus tard, la bande a été partiellement arrêtée, entre autres Tango. Lui, jamais armé, n'a pas dessoudé les archers bien sûr, son job consistant uniquement à tutoyer les C.F. ; pourtant il était assuré, compte tenu de sa complicité, d'écoper de cinq à dix piges aux assiettes. Alors que, fort contrit, il se laissait aller aux noires amertumes dans sa cellotte de Fresnes, un monsieur lui a rendu visite pour une petite causette. La description qu'il me donne dudit me permet de reconnaître le Vieux.

Mylord le Boss lui a proposé un marché pas ordinaire. Un coup de main en deux temps, à réaliser pour le compte de la Maison France, mais de manière occulte. Motus ! La grande boucle, quoi qu'il advienne. Si foirade, tant pis pour les os à Tango. La première partie de l'opération consistait à faire sauter le phare de la Pointe du Chaz. La seconde, plus cotonne, terriblement risquée, à dynamiter le gouvernail d'un bateau soviétique dans la nuit qui suivrait.

L'épopée, quoi !

CHAPITRECHAP DOUZE

L'exploit

Et si Tanguy Liauradéshome réussissait dans sa mission, on oubliait sa participation au casse tragique de la banque Zébulard et on lui refilait dix briques pour aller se refaire une santé sur la Riviera Italoche ou aux Baléares. Voire ailleurs, ils sont pas sectaires, l'essentiel étant que ce soit ailleurs, tu comprends, mon chéri ?

Il a accepté, le gars Tango. Fresnes, merci bien : il commençait à se sentir venir des moisissures un peu partout et même autre part. Alors il a dit banco. Salope de Vieux qui jouait les fonctionnaires opprimés, les brimés à carrière brisée virgulés sur voie de garage. Ah, combien il m'a possédé, cézigus ! J'enrogne, j'enrage, j'ôdésespoire, j'ôvieillessennemie. N'ai-je donc tant vécu que pour cette infamie ? Ce grandiloquent fumier, ce chef vénéré, vertébré, ce chauve éperdu, cet élégantissime breloque qui nous a menés en bateau, les Béru et moi, en bateau breton, sans souffler mot. Alors qu'il usait de Pinuche, voire itou de Marie-Marie. L'Antonio ? En quarantaine. Silence. Méfiance. Ganache, va ! Peau de zob ! Sueur de fesse !

— Alors c'est toi qui as fait sauter le phare, Tanguy ?

— Oui, mais, balbutie Tango.

— Et qui as buté le gardien ?

— Dedieu, vous savez bien que non. J'ai pas de raisin sur mes mains d'orfèvre, commissaire. Jamais eu. Je fais dans le tactile, moi. Je suis un artiste. Un artificier. J'appartiens au génie, pas à l'équarrissage. Je manie l'explosif. J'ai une vocation chimique. Mon maître, c'est Nobel, l'inventeur de la dynamite, pas le docteur Petiot. Pour le phare, on a été repassés. Doublés sauvage, couillonnés à bloc, bités jusqu'au gros côlon, parole. D'abord, j'avais chargé juste le haut, le compartiment des loupiotes. Fallait simplement que je l'éteigne. Comme on souffle un cierge. Y'ne m'avait pas demandé de le sectionner en deux, ce candélabre de merde. C'est d'autres, je vous dis. Ils ont rappliqué derrière moi et filé la sauce, et nettoyé le gardien. D'autres, parole. Vous demanderez à votre vieux kroum. Le haut, j'avais pour mission. La lanterne only. Fallait qu'y soye aveugle cette nuit qu'on prévoyait de la tempête, le phare. Il m'a pas donné d'explication, le ratiboisé, mais je ne suis pas tombé de la dernière, je sais m'allumer la cervelle. Éteindre le phare et puis péter le barlu soviétique. Vous pigez pas, vous ? Pourtant les conclusions sont pas dif : le bateau se pointait parmi les récifs les plus coriaces de tout l'Atlantique Est, du Cap Nord jusqu'à l'autre bout de l'Afrique. Privé de ce repère essentiel, il était censé s'embrocher, le pétrolier. D'autant que l'explosif dont je l'ai farci est un truc extrêmement nouveau : le scrafuge 124, inventé par un grand savant palestinien : le docteur Saâgaz Rûrénouar, un crack. Le seul explosif qui ne fasse pas de bruit car il implose au lieu d'exploser. C'est donc un implosif à déterminance conjugué. Fallait y penser. Le docteur Saâgaz y a pensé. Je le salue ! Il chamboule les données. Bravo...

Il reprend haleine, l'ami Tango. Tu le croirais en

état second, d'hypnose presque, sa manière de dévider, d'y aller à toute pompe dans les parleries. Comme un besoin de se libérer, de se débarrasser une fois pour toutes de son aventure démentielle.

Le voilà qui respire des grands coups profonds, bien s'oxygéner tout, en grand, s'ouvrir les fenêtres donnant sur ses poumons, le brave garçon.

— Nom de Dieu, juré-je étourdiment car des qui respectent plus que moi le Seigneur, tu peux chercher, même le cardinal Marty jure davantage que moi. Et d'après ce qu'on m'a laissé entendre : le Pape, en personne. L'autre jour, tiens, en voulant planter un clou dans sa chambre pour accrocher un poster d'Emmanuelle, il s'est laissé tomber le marteau sur sa pantoufle d'hermine, ben il a fait péter un de ces « bordel de Dieu » qui a lézardé le Vatican ; de source sûre. Non, moi, Dieu, j'ai le plus profond respect. Jouer les mariolles, bien joli. Seulement tu casses ta bouffarde et tu te pointes là-haut. Et il t'attend, les mains dans ses manches, goguenard. « C'est toi, l'Antonio, qui me jurais le nom sacré, pour des babioles ? Me niais ? Me déniais ? Me gaussais comme un petit con ? Te voilà à comparaître, l'esprit fort en caramel mou ? Le pauvre chieur ? Sale branque, crâne plat, que si je serais moins divinement bon, je t'enverrais mijoter dans les marmites du copain fourchu, bougre de fier à braséro ! ». Alors je me gaffe. Je crois en Dieu. Je croîs en Dieu. Je croisse en Dieu ? Je croasse en Dieu. Pas fou, le frelon ! Paré pour les manœuvres d'automne ! Bien le bonjour, Seigneur. J'arrive à vous comme un contrit. Après vous avoir tant prié, loué, sous-loué, vendu à Pierre, Paul, Jacques. Voyez mon éperduance, l'à quel point combien elle est totale, infiniment infinie. Tenez compte,

Seigneur. Aboulez les récompenses. Ne m'éludez pas : éluez-moi. Je suis l'élu-type.

Attends, je m'égare. On se disait quoi ? Tango ! Ça y est. Bon, ce qui me taraude, c'est ce barlu russe que le Vieux veut faire sauter. Pourquoi provoquer une marée noire de plus, qu'on a tellement de mal à les écumer, ces saloperies ? Un attentat aussi gravissimo, susceptible de déclencher la prochaine guerre mondiale ! Merde, il y va pas avec le dos de l'écuyère, le forban.

— Bon, alors raconte ta pose de l'explosif, Tanguy.

Il ne demande pas mieux. N'attendait que pour. Sa langue piaffait d'impatience. Il salivait à vide.

— Le truc le plus infernal de ma vie, commissaire. Cette journée, je l'oublierai jamais, duchesse vivre cent ans. Tout a débuté de très très bonne heure.

— Avec Katkarre ?

— Oui, avec lui.

— Vous aviez partie liée ?

— C'était un copain d'enfance. Il me paraissait un peu débiné. Comme il me fallait un assistant, j'ai pensé à lui et je l'ai fait engager par le vieux type.

— Si vous étiez potes, pourquoi lui as-tu filé une avoinée au bistrot de la Marine ?

— Oh, pas pour le cul de la grosse, commissaire, mais il en avait un coup dans le pif et commençait à plastronner, comme quoi il avait trouvé une combine pour affurer de l'artiche sans aller se faire tarter dans les embruns du Grand Nord. Fallait lui stopper la déconne. Par la suite, je suis allé lui faire la leçon et il a mis les pouces.

— Que devais-tu fiche avec lui ?

— Il me servait de pilote. J'avais emprunté un canot et il allait me piloter, le matin, au phare. A la sortie du port, je l'ai embarqué dans la baie des Trépanés. Car c'est duraille de naviguer dans les parages du phare. Il m'y a conduit de main de maître... Moi, je suis allé faire mon petit bigntz. J'avais une cagoule. J'ai menacé le gardien avec un revolver à bouchon. Il s'est laissé manipuler. Je l'ai descendu et l'ai ligoté. Après quoi, j'ai placé ma charge au sommet du phare. Mais, quand je suis retourné au canot, Jean-Yves ne s'y trouvait plus. J'ai eu beau regarder alentour : personne. J'en ai conclu qu'il s'était dégonflé en m'attendant. Alors, comme l'opération était commencée, j'ai décidé de la poursuivre tout seul. J'ai piqué en direction de Niche-mar'h, mais en restant au large de l'île, à un point où je pouvais mater l'arrivée du pétrolier ruscoff. La mer devenait affreuse et, tout breton que je suis, j'ai dégueulé jusqu'à mes tripes. Une journée, ainsi, en mer, à me cramponner pour tenter de maintenir mon rafiot. Oh ! Sainte-Vierge, vous parlez d'une épidémie ! Je vais vous dire : l'océan, je croyais l'aimer. Mais à présent c'est bien fini. La Beauce ! Y'a que ça, commissaire. La Beauce ou la Brie à l'extrême rigueur. Quelque chose de solide, de plat, sur quoi on peut marcher sans dégueuler. Toute la journée, toute la sainte journée pourrie. Avec la tempête qui devenait de plus en plus sauvage. Enfin le barlu russe s'est pointé. J'ai cru qu'il en finirait jamais d'arriver. Et quand il s'est présenté, je me suis demandé comment j'arriverais à piloter ma coquille de noix juqu'à lui. Et à l'aborder par une mer pareille, en pleine nuit. Car il m'a fallu attendre la nuit pour ne pas donner l'éveil. Heureusement, il a pratiquement stoppé, vu qu'à cause du phare carbonisé, l'Amirauté donnait des directives à tout ce qui croisait dans les parages. L'Opération Ma Tante ! C'est le nom choisi par le Vieux pour qualifier ce circus à la con ! M'en rappellerai de Ma Tante. Franchement, commissaire, jusqu'à ce jour, j'savais pas que j'étais un héros. Je me croyais prudent, comme type, plutôt, malgré mes grandes arnaques comme celle de la banque Zébulard. Mais par cette tempête, aller avec un canot grand comme votre baignoire poser une charge d'explosif contre le gouvernail d'un pétrolier soviétique, je vois personne à ma place ! D'aussi tordu que mézigue, il est impossible que ça existe.

Je lui vote des compliments sincères et dorés à la feuille.

En bas, ça commence de remue-ménager. Marie-Chérie qui nous rassemble la populace. Des lumières dansent dans l'église. Des voix retentissent, des piétinements de plus en plus nombreux.

— Voilà les secours, petit Mec, dis-je au héros. Tu vas être libéré et t'auras ta gnole. Bon, tu as posé ta charge ?

— De la folie, commissaire. Heureusement qu'on avait prévu un système de fixation à ventouse, sinon je n'y serais jamais parvenu. Ladite ventouse était accrochée à l'extrémité d'une gaffe. Quand j'étais jeune homme, à Ploumanac'h Vermoh, je faisais des joutes dans le port, pour la fête du pays. Aujourd'hui ça m'a drôlement servi. Enfin, à présent, la camelote est en place.

— Le badaboum est prévu pour quelle heure, camarade ?

— Deux plombes.

Je visionne ma Piaget grand sport. Il est plus de minuit.

— On aura le temps de se mettre à l'avant-scène !

Je porte mon œil favori au viseur de la lunette à infra-rouge. Dans l'obscurité, je distingue nettement les feux du pétrolier. J'aperçois la dunette éclairée, avec, à l'intérieur, des officiers du bord en discussion.

Et discuter en russe, crois-moi, faut le faire. Pour ma part j'ai plusieurs fois essayé et je n'y suis jamais parvenu.

— Qu'as-tu fait, ta mission accomplie ?

— Je me suis rabattu sur l'île.

— Pourquoi sur l'île ?

— A cause de la marée. Le vieux crabe avait prévu que j'pourrais plus revenir sur la côte, alors il avait été décidé que je gagnerais Nichemar'h. Une fois dans l'île, je devais me rendre dans le secteur vacancier, où il y a un village de bungalows. Un vieux croulant m'y attendait. Il devait annoncer les résultats de ma mission grâce à un poste de radio émetteur.

— Et alors ?

— En regagnant l'île, la tempête était si forte que j'ai perdu le contrôle de mon canot. Il a chaviré et je me suis retrouvé à la sauce. Alors là, oui, j'ai cru ma dernière heure arrivée. Ce que j'ai éclusé comme eau de mer, mon neveu ! A vous dégoûter des huîtres pour le restant de vos jours !

Dans le clocher, ça commence à fourmiller.

— Hé, la coterie ! hélé-je, faites-nous parvenir dare-dare une bouteille de gnole !

C'est un langage que des gens rudes comprennent parfaitement. Du coup, ils larguent tout pour foncer au calva, les mahaux. A qui rabattra le plus vite un flacon de raide.

— Merci, soupire déjà Tango, je me sens partir en sucette.

— Finis ton historiette avant de lâcher la rampe, gars, plaisanté-je.

Il y consent.

— Je me suis évanoui à trois ou quatre reprises. Je me noyais. Mais un Breton ne s'avoue pas vaincu. Chaque fois, j'avais le sursaut. Et pourtant ma gueule se cognait contre les récifs. Je prenais des chetars comme je savais pas qu'on pût en encaisser.

Son *qu'on pût* me va droit à l'âme française, si belle, toute en noblance fleurdelysée. Tu te rends compte ? Un petit Breton invétéré, malfrat notoire, gibier de prison, te balancer du « qu'on pût » entre deux expressions argotiques ! La force intrinsèque de notre dialecte ! Sa permanence intangible, et tout, et tout ! Merde ! J'en chialerais de la glycérine.

— L'énergie du désespoir, commissaire. Alors là, pardon, cette nuit j'ai appris ce que c'était. Je vais vous dire : dorénavant, ma vie va changer. Du tout au tout. Je vais entrer au monastère de Saint Tupuduc-le-Bienheureux. Finir mon existence parmi les moines. Prière, méditation, bouffe frugale. Faut que ça aye servi à quelque chose, une telle épreuve, non ? Ça rimerait à quoi, les miracles, si on passait outre ? Si on continuait son existence de con-volant ? Hein, votre avis ? Moi, à présent, c'est le recueillement. Finito, les explosifs, les coffiots récalcitrants, les arnaques folles. Je me voue à Dieu. Et puis ça doit être chouettos, à notre époque, la vie monastique, non ? Dodo, prière, jardinage sur sa future tombe. Un petit poker, de temps à autre, et sans compter que vous avez du moinillon un peu pédoque de nature qui doit vous turluter le chinois, le soir, après le couvre-feu, non ? Ils portent pas la robe pour rien. Une petite pipe, en camarade, ça ne mange pas de pain et ça vous met le caberlot nickel pour bien consacrer son âme au Seigneur, moi je dis. Le spirituel, quand t'as les burnes enflées, il perd de sa force.

— Donc, tu as pu t'en tirer, le ramené-je à mes blancs moutons, et ensuite ?

— Selon les directives qui m'avaient été données, j'aurais dû filer droit sur les bungalows. Seulement faut comprendre une chose, commissaire : j'étais exténué, à bout de force, positivement mourant : voyez ma gueule, elle doit pas être fraîchouillarde. Mon corps n'est plus qu'une plaie.

— En effet.

— J'ai un frangin qui habite l'île.

— Le troueur de castagnettes ?

— Vous le connaissez ?

— J'ai cet honneur. Tu t'es donc rendu chez ton frelot.

— Je m'y suis traîné, j'avais besoin d'être soigné d'urgence. Mais comme je suis arrivé chez lui, j'ai trouvé ma belle-sœur aux prises avec les deux types qui se trouvaient ici et que vous avez démolis. Elle avait la frite en sang et elle pleurait, suppliait, causait de vous, justement, comme quoi vous lui aviez rendu visite. Moi, j'arrive, croulant d'épuisement. Aussitôt les deux mecs m'ont sauté sur le poil. L'un d'eux m'a filé un coup de crosse de pétard sur la nuque et je suis parti dans le coltar. Quand j'ai retrouvé mes esprits, je me trouvais dans ce machin de chiotte.

Il exhale un profond soupir et balbutie :

— Qu'est-ce qu'ils foutent avec leur gnole, ces enfoirés ? Ils l'éclusent eux-mêmes ?

Et il se révanouit.

Ainsi s'achève le récit palpitant de Tanguy Liauradéshome.

Son exploit hors du commun restera dans les annales. Voire même dans les anus de ceux qui, jouant les esprits forts et peu sensibles aux actes des hommes capables de se dépasser, décideraient de se le foutre au c...

Amen !

CHAPITRECHAPI TREIZE

Le super-exploit

La vieille Trutrude n'a pas un pouce de sommeil dans son œil cloaqueux.

Elle souffle sur son énième café.

Il est une heure pile du matin.

L'aimable population insulaire a rangé les cadavres dans le local de la pompe à incendie. Et puis s'en est retournée dormir.

Pinaud, pas très vivant, et Tango à demi clamsé, reposent ou se reposent dans la chambre que nous avions réservée ! Le docteur de l'île, dessaoulé à grand renfort de café fort amoniaqué, soigne de son mieux les testicules du cher Le Guennec.

Alors nous sommes là, chez la Trutrude, Béru, Marie-Marie et moi. Et la vieille, nullement impressionnée par les péripéties périphériques, raconte de sanglantes bagarres dans le vieux Sydney, entre des marins anglais et autrichiens. On lui laisse dérouler le filin de ses souvenirs. Ça fait musique de fond. Musique douce : « Radotage story ».

Parfois, Mémé s'interrompt pour boire une gorgée de café, ou bien trier dans sa mémoire, à travers le fatras du passé, pêcher une anecdote, un truc singulier ou plaisant. Et le réchauffer dans sa vieille bouche pipeuse pour nous le remettre en vie un petit instant fragile.

Bérurier lui passe tout de go la main sur les cuisses, la vieille frivole se tait, pétrifiée d'espoir. Se pourrait-il qu'un mâle de toute beauté, en vigueur absolue, à l'œil consécrateur et à la braguette surdilatée lui fasse du rentre-dedans ? Encore ? A son âge dit respectable, lui surviendrait-il l'inouise chance de ne pas être respectée ?

— Dites voir, la Belle, chuchote le Mammouth, v's'avez des zognons, j'suppose ?

— Qu'entends-tu par ognon, l'ami ? glousse la « belle » relique.

— J'entends la légume, neutralise Alexandre-Benoît.

Un peu hébétée de déconvenance, Trutrude croasse :

— Ben, évidemment qu'j'ai des oignons, malin !

— Alors ça s'rait trop t'exiger que tu nous f'rais une gratinée ?

Il retire sa main pour la laisser vaquer. Et la vieille vache à ses occupations.

Comme Béru croit déceler un reproche dans ma prunelle, il murmure :

— C'est l'heure, Mec.

— L'heure de quoi ?

— D'la gratinée. On est obligé d's'maintenir en forme : y'n'reste que nous trois. L'individu a ses éguegisances.

— C'est pour dans une heure, l'explosion ? demande Marie-Marie.

— Environ, oui.

— Faire craquer volontairement un pétrolier au bord de nos côtes quand on est tellement emmouscaillé lorsque la chose arrive accidentellement, c'est plus que du vice !

— Aussi je donnerais n'importe quoi pour avoir un entretien avec le Vieux. Ah, le sale bougre, s'il avait joué cartes sur table avec moi au lieu de faire ces cachotteries, nous n'en serions pas là.

Bérurier soupire :

— Va-t'en savoir, Gars. On s'rait p't'être été contrés par les zigs qu'ont buté Katkarre, la belle-sœur à Tango, qu'ont estourbi Pinuche et fait sauter la radio et les claouis de L'Guennec. Alors qu'là, comme on s'pointait av'c not'air con et not'vue basse, c'est nous qu'on les a coincés. Y'a souvent intérêt à ignorer les choses, conclut ce philosophe en caleçon long.

Je m'offre un panoramique furtif sur l'affaire. Toute l'équipe mutée à Ploumanac'h Vermoh. Pinaud chargé de mission, Marie-Marie engagée comme auxiliaire dudit. Si môssieur le sous-préfet de mes deux nous a tenus à l'écart du coup, Béru et moi, c'est qu'il nous gardait en réserve de la République pour la finale de son affaire. Conclusion, il a probablement besoin de nous « en ce moment ». Et nous ne sommes point là !

— Tu es une drôle de fille, je laisse tomber.

— Pourquoi ça ? rebiffe la musaraigne.

— Normalement, une femme aurait été incapable de détenir une lettre comportant des instructions sans la lire. Je déplore ta force de caractère, ma poule.

— Tu prends « ta poule » pour une concierge ?

— Non, pour une vraie bonne femme. N'empêche que si nous savions ce que contenait la fameuse enveloppe…

Elle lance un cri de gorge, style la Callas de la grande époque quand le père Onassis lui faisait le coup du sifflet de manœuvre dans le contre-ut.

— Caisse y't'prend, mouflette ? demande Sa Seigneurerie.

— Il est peut-être encore possible de la retrouver, cette lettre, dit ma petite fiancée. Elle m'a sûrement été volée par un des bonshommes du clocher.

Elle n'a pas plutôt achevé sa phrase que je suis déjà dehors.

***

C'est écrit à la machine à écrire.

Le titre figure en majuscules : « OPÉRATION MA TANTE ».

Quant au texte, il est laconique dans sa concision. Je te le livre *in extenso* (ce qui est gentil de ma part) et pour pas un rond :

Si fusée verte, se rendre immédiatement au port. Monter à bord du voilier « Pen Cil ». *Dans l'habitacle, se trouve une cage d'osier contenant des pigeons. Lâcher ces pigeons à l'air libre.*

That's all, comme on dit puis à London.

Mais vraiment *all.* Pas un mot de plus, pas de signature, pas même un coup de tampon.

La missive se trouvait à bord du deuxième cadavre, enfouie en vrac dans sa poche intérieure après avoir été ouverte, lue et repliée.

Alors nous courons tous les trois jusque z'au port, Marie-Marie et moi nous tenant par la main, Béru se tenant par le ventre, loin derrière.

Dans le port, les barlus chahutés par la tempête dansent la gigue éperdue des embarcations malmenées. Ça grince sinistrement, ça craque, mille petits claquements des filins contre les mâts, ça je te l'ai déjà signalé et te le répète pour mémoire, con comme je te sais, et donc oublieux de tout. Pas joyce, le port dans les frémissures de l'ouragan (de boxe). Hostile, noirâtre, en perdition. On se répartit chacun une zone, à qui trouvera le *Pen Cil*. Et c'est Bibi qui, le premier, met le doigt — donc le pied — dessus. La porte du rouf n'est pas fermée. Elle bat comme une enseigne dans le vent de noroît qui souffloît. J'entre. J'actionne la loupiote électraque à batterie. Triste spectacle, mon brother ! Oh que voui. Very lugubre. Trois pigeons morts, plumes retroussées, gisent un peu partout. On les a massacrés à la va-vite... Les salauds qui ne respectent rien !

— Ho ho ! lance Marie-Marie.

— Par ici ! crié-je.

Elle se rabat, peu après suivie de son gros tonton. Je leur désigne les trois malheureux oiseaux.

Bérurier hoche la tête et résume la situation en puisant dans des formules lapidaires dont il semble posséder le secret et l'exclusivité :

— Dans l'cul la balayette !

Ensuite de quoi il ramasse les trois pigeons, les met en grappe en les tenant par leurs six pattes grêles et déclare :

— Si on voudra leur assurerer une sépulcrure décente, y'n'nous rest'plus qu'à trouver des p'tits pois !

J'enrage de voir cette accumulation systématique de coups fourrés. Tout ce que nous entreprenons pour aller à la vérité est aussitôt contré par les deux soi-disant Suédois. Même morts, leurs initiatives nous fauchent l'herbe sous les pieds (on dit aussi : nous scie la branche sur laquelle nous sommes assis, ce qui est une variante intéressante, tu choisiras).

Il est une heure et vingt minutes. Pourquoi mon guignol s'emballe-t-il de la sorte ? Pourquoi mon instinct m'avertit-il que les choses ne vont pas comme elles devraient pour le Vieux ? Quel que soit son noir dessein, je sens qu'il l'a dans l'œuf (d'autruche), le pelé. Il a manigancé une combine pas piquetée des piverts ; quelque chose de terriblement risqué, de formidablement dramatique, de tout ce que tu voudras et qui est en train de foirer parce que des loustics dont il ignore l'existence sont venus contrecarrer (ou contro-valiser) ses plans. Et il ne le sait pas. Et je n'ai aucun moyen de le prévenir !

— Tu bouillonnes ! remarque Marie-Marie.

— J'ai le traczir, ma p..., ma chérie.

Elle me sait gré de cette rattrapade.

— Le traczir pour qui ?

— Pour le Vioque. Je crois qu'il s'est filé dans un sac plein de merde et qu'il se roule dedans en croyant que c'est de la chantilly. Ah, bonté divine, que ne puis-je avoir une converse de trois minutes avec lui !

La musaraigne a un geste large, kif la semeuse sur les pièces de mornifle.

— Qu'est-ce qui t'empêche ?

— Le fait que le poste de radio ait explosé et qu'on ait buté ces pigeons.

Je mate l'heure avec désespoir.

— D'ailleurs, en ce qui concerne les pigeons, ils n'auraient probablement plus eu le temps de rallier leur base avant le gros « boum », avec une tempête aussi forte surtout !

Mais la gosseline continue de commisérer en me contemplant :

— Voyons, Antoine, tu ne vas pas me faire croire que parmi les barlus ancrés dans ce port, il n'y en a pas au moins deux ou trois qui sont équipés de la radio ?

— Foutre de moi ! Et dire que je n'y pensais pas.

— Tu vois que je te complète ? opportunise-t-elle.

***

Je parle depuis le *Phoenix,* une espèce de sardinier ou assimilé mouillé tout au bout du quai, près de l'entrée du port. La voix du Vieux est reconnaissable malgré la mauvaise qualité des transmissions. Son accent seizième, tant apprécié des classes laborieuses, sa diction surchoix qui évoque irrésistiblement les particularités syntactiques de Georges Marchais franchissent les cyclônes pour venir baigner mes tympans en manque. La voix de son Maître ! Forte, incisive, péremptoire. Avec des creux, des « manques ». Conversation en pointillé, jetée par-dessus ce bras d'océan qui ressemble fort à un bras d'honneur.

— Vous dites que Tanguy a fait le nécessaire ?

— Il paraît. Il a précisé que la chose produirait son petit effet à deux heures. C'est-à-dire dans trente-cinq minutes.

— Les deux « Suédois » étaient au courant ?

— Je ne sais pas. Mais c'est probable. Ce sont eux ou des gens de leur groupe qui ont assassiné Katkarre dans la piscine. Il est clair qu'ils ont dû le faire parler avant, non ? D'autre part, s'ils ont neutralisé Pinaud et sa radio, exploré les effets de Marie-Marie, dérobé vos directives et étranglé les trois pigeons, ça prouve qu'ils savaient tout ; en vous mettant des bâtons dans les roues, mes deux Suédois n'ont rien fait pour annuler votre opération. L'impression qui se dégage, à mon sens, est qu'ils corrigeaient votre trajectoire, mais étaient d'accord sur la finalité de la chose.

Le silence qui suit n'est pas dû aux furiosités des éléments, mais à la perplexité du Vioque.

— Vous ne pouvez pas m'orienter un peu, Monsieur, à propos de ce qui a motivé votre décision ?

— Vous oubliez que nous ne sommes pas au téléphone, mon cher et qu'un tas de gens nous entend (ou nous entendent).

— Je sais lire entre les lignes et écouter entre les ondes, riposté-je.

Nouveau silence, voulu, lui encore. Puis Pépère plonge dans les rébus longue distance avec accusé de réception.

— Des amis habitant de l'autre côté de l'étang m'ont informé que l'embarcation que vous savez transporte autre chose que ce que vous croyez. Vous me comprenez ?

Vieux zob, va ! Évidemment que je le suis, et tous les sanfilistes en train de sanfiler actuellement le suivent au millimètre, le bon Achille-aux-pieds-chaussés-de-gros-sabots.

— Fort bien, Monsieur.

— Il convenait donc de transformer ladite embarcation en épave, n'importe les risques encourus, afin de pouvoir la neutraliser, je ne sais si je me fais bien comprendre ?

Tu parles d'une épée, Césarin ! Le roi des rois ! Ses mots couverts sont écrits au néon.

Traduit du gâtisme, tout cela signifie que les Ricains ont informé la France que ce pétrolier soviétique qui allait croiser devant nos côtes ne transporte pas seulement du mazout, mais des choses moins catholiques dont il convient de stopper coûte que coûte l'acheminement. Alors le Dabuche a organisé tout seul, comme un grand, son petit frometon à la Tintin.

— Pourquoi ne m'avez-vous pas mis sur cette affaire ?

— Je vous expliquerai.

Ma question ne le réjouit pas. Je devine qu'à cette minute, il regrette. Il est sorti de sa tourelle de la Grande Volière pour mettre la main à la pâte, seulement il ne sait pas pétrir. Alors il est seulement dans le pétrin et le pain reste à faire.

— Je peux vous parler à cœur ouvert, Patron ? En mon âme et conscience ?

Ça, c'est un langage qu'il prise à grosses pincées dans la tabatière des clichés armoriés.

— Naturellement.

— Il faut empêcher cela pendant qu'il en est encore temps.

— Vous voulez dire le... le chose de deux heures ?

— Oui. Je vous le crie du plus profond de mon être. Il y a un sac de nœuds terrible, patron. Si vous croyez à mon instinct qui, si souvent, m'a servi de signal d'alarme, empêchez cela ! Empêchez cela !

Tout ce que je trouve à lui dire. Disque usé. Rengaine, rabâcherie. Empêchez cela.

— Mais, sur quoi vous basez-vous pour...

— Sur le fait que vous ne pouvez avoir le même objectif que ces pseudo-Suédois qui sont venus jouer les troisièmes couteaux ! S'ils souhaitaient le... la chose, c'est qu'elle n'est pas conforme à vos intérêts. Empêchez cela !

— Du diable... Comment pourrais-je ?

— Entrez en contact avec le bord du bateau en question, signalez-lui qu'il a à se débarrasser de ce gadget immédiatement.

Mon exhortation le vainc.

— Soit, je fais le nécessaire. Restez sur place, je vous tiendrai au courant. Mais si jamais...

— Agissez, bon Dieu !

J'interromps le contact afin de l'inciter à la grouillance.

— T'es un type sensas, murmure Marie-Marie. Ta force, ton charme, c'est ça : ce pouvoir de convaincre dont tu fais preuve parfois. On t'écoute, on est subjugué. On sait que tu as raison, que tu es infaillible.

Pas le temps de déguster ses compliments. Mes nerfs grincent comme des gonds rouillés.

— Où est le Gros ?

— Je ne sais pas. Il est sorti brusquement pendant que tu discutais.

Je fais oui oui de la tête, sans penser à ce qu'elle me dit. L'idée des deux gonziers installés dans le clocher me hante. Pourquoi n'ont-ils pas tué Tango alors qu'ils ont sacrifié sans hésiter la femme de son frère ? Parce qu'ils avaient besoin qu'il soit là pour raconter sa mission après l'explosion du pétrolier ? Voilà, là est la réponse. Tango devait survivre pour dire la vérité. Sa vérité. Bon, très bien, mais pourquoi était-il important qu'il raconte « sa vérité » ? Je vais te dire tel que ça me vient : *parce qu'il existe une autre vérité qu'il convenait de cacher sous la première.*

— Tu as l'air d'être sur des charbons, note Marie-Marie.

— Je n'aime pas tout ça.

— Quoi ?

Je poursuis ma pensée :

— En somme, ces gens, les Suédois, ils ne savaient pas si Tango avait ou non réussi sa mission.

— Ils ont pu le suivre du clocher grâce à leurs fameux appareils d'optique dont tu nous as parlé ?

— Très juste.

L'appareil se met à graillonner à bord du *Phoenix*. Une voix de gendarme me demande si je suis à l'écoute, et me passe le Vioque.

Cette fois, il paraît pas heureux, l'Achille. Je perçois une mortelle angoisse dans son ton, malgré l'altération due aux conditions atmosphériques.

— Il est impossible d'entrer en contact avec le... l'embarcation en question, me dit-il. Son système de phonie est brouillé par un émetteur clandestin que nous n'avons pas les moyens de détecter.

— Dites-moi, patron, la marchandise mise en place par Tango possède quelle puissance ?

— Assez forte pour neutraliser le gouvernail et créer une brèche dans le compartiment arrière, insuffisante pour provoquer la catastrophe totale qui, d'ailleurs, n'était pas souhaitée.

Sur ces entrefesses, Bérurier revient, dégoulinant de flotte, le bitos en délayance.

Sans se préoccuper de mon activité présente, il jette un objet sur la tablette de la radio en grommelant :

— Suédois, mon cul !

Il s'agit d'une grosse chevalière en or, celle-là même qui a entamé « l'arcane souricière » de la dame Liaura-déshome.

— Mate l'inscriptance gravée à l'intérieur ! m'enjoint le Roi des Glands.

Je le fais :

« *Barbara to Johnny, N.Y. 6/8/72* »

— J'sus t'été vérifier qu'un des deux gonziers portait bien la ch'valière qu'on avait causée. Y l'avait. C'mec est un Ricain, mon pote. N.Y. ça veut dire Nouille York. D'aut' part, leurs fringues, aux deux clamsés, sont badine U.S.A.

— Vous êtes toujours à l'écoute ? grameluche le Scalpé.

— Toujours, Monsieur.

— Avec qui discutez-vous ?

— Le Gros. Il vient de découvrir que nos Suédois sont américains. Ne pensez-vous pas que vous avez servi de bouc émissaire ?

Pas de réponse.

— Monsieur, ne pouvez-vous envoyer une vedette rapide jusqu'au bateau pour prévenir ?

— Impossible, le temps est trop gros et c'est la marée montante. Et puis le... bâtiment se trouve trop loin du littoral. Si quelque chose est tentable dans ce domaine, c'est depuis Nichemar'h dont il est beaucoup plus proche. La marée vous est favorable.

Je visionne ma Piaget immunisée à mouvement quadristatique. La bombe doit « imploser » dans vingt-cinq minutes.

Selon mon estimation, en utilisant le canot de sauvetage du port, et en mettant pleins gaz, on doit pouvoir rallier le pétrolier en dix minutes. Cinq minutes pour affréter le canot. Reste une dizaine de broquilles ! Est-ce tentable ?

Je cours le long du quai vers la loupiote de veille qui marque le point d'ancrage de l'embarcation de secours. Béru et son adorable nièce m'escortent.

Je leur crie dans la foulée :

— Rameutez la population. Dans tous les bateaux amarrés dans le port se trouvent des fusées de secours. Faites-moi partir tout ça en direction de la Côte. Je veux un feu d'artifice, qu'on puisse y voir clair comme en plein jour. Vite !

Je repère le Saga ventru sur lequel est écrit je ne sais quoi d'officiel. Je saute dedans. Le démarreur ! Dieu soit loué, ça répond pile.

Les gaz. La vitesse est limitée à 3 nœuds dans le port ? Avec le mien ça en fera vingt !

Va, petit mousse, le vent te pousse.

***

Si tu veux mon avis, c'est presque grisant.

Que dis-je : c'est archi-grisant, comme d'autres sont archi-épices-copeaux (art chie et pisse copeaux). Des bonds de dix mètres, des creux de plus. Montagnes russes, drues et fluides. La mer embarque des pacsifs dont l'habitacle me protège mal. J'ai mis la manette des gaz au maxi. Et que vogue ma galère héroïque !

Insensé !

Je me le répète. Ça tourne à la hantise. In-sen-sé ! Folie ! Folie furieuse. Je fonce. Fonce, Alphonse ! comme dit mon Bérurier. Des déchirures d'orage, des éclats de lune me permettent d'apercevoir, droit devant, la masse obèse du pétrolier. Comme elle est lointaine ! Je roule, et roule pis qu'un tonneau. Et ça roule même quand le barlu dévale une pente liquide pour piquer dans les abîmes marins.

Mais j'avance. Qu'attendent-ils pour faire partir les fusées ? Il est vrai qu'il a fallu alerter les pêcheurs. Enfin, soudain, un grand trait rouge fonce au-dessus de ma tête, décrit une orbe somptueuse, éclate et se met à dandiner dans le cloaque gris des nuages tuméfiés.

Bientôt, en vient un autre, et puis d'autres encore. Très superbes, intenses. Ils bousculent les nues. Ils illuminent ce coin de monde agonique. Les couleurs s'entremêlent. Rouges, vertes, rouges, vertes avec des variantes dans les tonalités. Et soudain, une jaune, qu'on ne sait pas pourquoi. Et la nuit se dissipe devant cette pluie à l'envers, qui monte du sol pour chasser les perfidies du ciel.

Tout en tenant le gouvernail d'une main, je braque, de l'autre, des jumelles qui se trouvaient à portée dans la boîte à cartes. A bord du tanker, ça commence à remuer. On aperçoit des matafs russes qui accourent pour assister au feu d'artichaut (ou fice). S'alignent sur tribord. Discutent. N'y pigent rien. Et moi, l'héros au sourire si doux, je fonce en décidant de ne plus regarder ma montre. D'ailleurs il ne fait plus assez clair pour. J'irai jusqu'au bout, au péril de ma vie. J'irai imperturbablement.

Le pétrolard se fait de plus en plus énorme. Grâce à la pluie de fusées, je distingue jusqu'aux visages des gars blonds alignés le long du bastingage.

Depuis combien de temps navigué-je de la sorte ? Si je m'approche trop, les lames fracasseront mon Saga contre les flancs monstrueux de ce bidon flottant.

J'arrive à deux cents mètres du tanker. Impossible de faire mieux. Je parcours le navire d'un œil d'aigle (ou de lynx si tu préfères les mammifères). Et je vois. Je vois tout, comprends tout. M'épouvante. Glaglate. Oh, maman ! Sainte Vierge ! Seigneur Dieu ! Et j'en passe, pas des meilleurs mais des très recommandables.

Dans le rouf (laquette) il y a un porte-voix. Tant pis, je mets la manette au point mortibus, bondis. La marée m'a déjà propulsé contre le barlu. Je n'ai que le temps de virer toute. Je m'écarte. Depuis le bâtiment, des matafs me font des signes éperdus.

Dès que j'ai repris une distance convenable, je gueule dans le porte-voix :

— Attention ! Vous avez des bombes posées contre la coque du tanker.

Et je répète : en anglais, en allemand, en patois dauphinois, en argot de Belleville, en tout ce que je cause, sauf naturellement en russe puisque j'ignore cette langue.

M'a-t-on entendu ?

Il semblerait qu'on se bouscule sur le pont. Mais merde, il y a près d'une demi-heure que j'ai quitté le port. Les fusées continuent de sillonner le ciel inclément (Marot).

— Vous avez des bombes fixées par des ventouses sur les flancs du bâtiment.

Ils ont pigé car un projecteur portable s'éclaire sur le pont, et on le braque sur la coque.

A cet instant, il se produit un soubresaut universel. La mer se creuse, le tanker a une ruade. L'air semble se casser. Des ondes infernales me broient les tympans, les nerfs, les burnes, le cerveau. J'en tombe assis dans mon barlu, lequel fait un bond de hors-bord en course.

Et merde ! Trop tard !

Ça hurle, ça tumulte.

On voit plus pendant un court instant. Des hommes tombés à la mer me nagent vers de toute leur énergie.

Dieu merci, je me trouvais à la proue car c'est la poupe qui a morflé. J'y vais en teufteufant.

Le gouvernail a fait des petits. Une moche brèche fore le cul du monstrueux pétrolier. On voit sourdre du liquide noir.

Et alors je pige un truc fabule :

— C'est la bombe de Tango qui a sauté. Seulement la bombe de Tango. « Les autres » sont pour un peu plus tard.

Je reprends mon porte-voix :

— Attention ! Pas de panique, votre avarie de la poupe n'est pas très grave, débarrassez-vous des autres bombes. Deux à bâbord, deux à tribord, peu au-dessus de la ligne de flottaison. Laissez-vous descendre par des filins, je vous signalerai où elles se trouvent.

Commandant San-Antonio.

Tout en anglais. Langue universelle. Langue de banquier !

Vite ! Je dirige les opérations. Et de vaillants matafs russes, presque aussi véry beaucoup héroïques que le gars mézigue, se laissent couler comme des singes le long de la coque pour la débigorner. Mouiller les bombes après avoir passé une lame sous les ventouses.

Vive Santantonio !

Enfin, il me semble.

PRESQUE FIN

Toute la presse unanime. Téloche, radio idem.

Santantonio, le mec plus ultra. The man ! Unanime que je te dis. Santonio, le gars qui a démoli un réseau appartenant sûrement aux Brigades rouges, ou vertes, ou à Septembre mauve, ou encore aux Brigades Moncul, va savoir. Un machin de ce genre, en tout cas. Trublion, semeur de merde, géniteur d'Apocalypse. Lui tout seul, l'Antonio béni. Il a neutralisé le réseau, découvert le poteau rose, prévenu les Popofs au péril de sa vie, au puéril de son vis. Bravo ! Lui ! Moi ! Je ! Encore, remouillez-moi la compresse. Léchez-moi bien sur toute la longueur, là que commence, là que finit la grosse veine bleue.

Et le plus bathouze, tu sais quoi ? En fait le plan du Vioque s'est réalisé. Le barlu a été amené au mouillage dans un port breton. Et on a dégauchi ce qu'il contenait : appareillage nucléaire tsoin-tsoin, mon zami ! Le tanker camouflait une véritable usine flottante. S'il avait explosé, toute la Bretagne y passait, et encore plus loin : la Normandie, et au-dessous : la Vendée, et à l'Ouest : ces cons d'Anglais, et au Nord : l'Artois, les Flandres. Reusement qu'il a été là, le Saint-Antoine santatonien.

On me veut légiondhonneurer tout vif, à cru. Poum !

Amène ton revers, mon kiki. Que j'sus obligé de me défendre énergiquement : de dire non non, je vous supplille, tout mais pas ça ; d'ailleurs, chez Lapidus, y n'font pas de boutonnière à la boutonnière, c'est pas de la fringue d'ancien combattant ni de pédégé Canuettiste. Et puis j'aime pas le rouge. Je porte surtout du tvouide moucheté ou pied de poule, du prince de Galles, le ruban ferait cloche là-dessus, j'peux pas me loquer en bleu croisé dès le morninge quand même !

Je suis dans mon burlingue du commissariat assailli par les journalistes. Un agent à peau lisse vient m'annoncer que M. le sous-préfet de Ploumanac'h Vermooh est en bas, qui veut me causer. Je fais répondre que je suis trop occupé, qu'il aille m'attendre au boxif de la mère Passepoil. Là seulement on sera bien pour causer, tout se dire. L'agent qui ne fait pas le bonheur en méduse un grand coup de mon irrévérence phénoméneuse.

Bon, je me laisse flasher, reflasher. Je dis qu'oui, je retourne à Paris, le Sinistre de l'Intérieur m'attend. Il me propose de diriger la Grande Taule, mais je ne pense pas accepter, n'étant pas bureaucrate d'esprit. Je vais retrouver mes activités précédentes. Et point t'à la ligne, c'est tout.

Faut se laisser dépecer par les corbeaux de la gloire. Ils te mettent en lambeaux sans que tu y prennes garde. Sur le moment c'est indolore ; seulement par la suite tu te retrouves à poil, désemparé.

A grand renfort, je parviens à les refouler. Je les branche sur Bérurier, qu'il ait sa part de glorious. Et aussi le père Pinaud, un peu plus ahuri qu'auparavant depuis qu'on lui a défrisé les cervicales à coups de goumi.

Moi, peinardos, je m'esbigne par la porte de derrière, qui donne sur la ruelle de l'Abbé Ventrifoutre, mort pour la France à j'sais plus quelle belle occasion.

Je fonce jusqu'au bouiboui de Mme Passepoil, bordelière plus ou moins patentée, me demandant si le Vieux y sera.

Et il y est.

Et avec lui, une recrue toute fraîche : la veuve Katkarre, bien décidée à arrondir sa pension à coups de bites.

Achille écluse du champ. Il vient de se faire bipolariser la guimauve par la sublime blonde à qui le deuil sied mieux qu'à Électre. Ça l'a mise de belle humeur.

Il me tend les deux mains, par-dessus son vieux gland pendouilleur.

— Mon cher cher ami, c'est la gloire. Il n'y en a que pour vous...

— Oui, mon con, lui réponds-je, y'en a que pour moi. Et ça n'est pas de ta faute, vieille ganache !

Alors là, il bondit, mort d'outrageance.

— Quoi ! Comment, vous osez me parler ainsi !

— Ta gueule, quidam ! Je parle à un type à poil dans un bordel. Je peux tout lui dire et sur le ton qui me plaît. Ici, il n'y a pas d'âge, de hiérarchie, de convenances. Et c'est pourquoi je t'y ai fixé rendez-vous, espèce de débris, malfichure, crabe rhumatisant, guenille délavée. J'ai percé ta vraie nature, Achille, comme on perce un abcès, et il en est sorti ce qui sort d'un abcès. T'as le moral qui sent le poisson avarié.

— Ah, ça ! Mais...

— Je ne te pardonnerai jamais de m'avoir flanqué en disgrâce, bougre d'invertébrance. Tu en avais rasibus de mes succès, hein ? Ils te portaient ombrage. Alors tu as voulu taper un grand coup, tout seul. Montrer à ceux d'en haut que tu pouvais jouer les supermen à l'occasion. Tu as fait muter tout le monde ici, toi dans le rôle du sous-préfet. Et pour que notre humiliation soit plus complète, non seulement tu nous as laissés sur la touche, Béru et moi, mais tu as fait appel à l'innocente baderne et à Marie-Marie. Plus un gangster. Chouette équipe. Ah, comme tu aurais triomphé si je n'avais pas dû te sauver la mise, espèce de merde en branche. Comme tu te serais pavané ! Comme tu m'aurais toisé de haut, tour Eiffel de sable ! Comme tu aurais liquidé tes complexes, vieux jeton ! Mais la vérité est que tu t'étais laissé fabriquer comme un tu sais quoi ? Devine ? Eh ben oui, Achille : comme un con.

— Vous avez bu ! décide-t-il, dédaigneux.

— Yes, sir, j'ai bu. J'ai bu à ta connerie, et comme elle est incommensurable, j'ai dû boire beaucoup. Tu t'es laissé repasser dans les immenses largeurs, mon gars. Tu prenais l'initiative de faire péter le pétrolier bidon, mais on aurait tous dégusté. La baie des Trépassés, tu parles ! De Dunkerque à Tamanrasset. Et dire que tu avais baptisé ton petit rodéo l'opération Ma Tante ! T'as été bien inspiré, pépère. Tu ne pouvais pas trouver plus juste, parce que, n'en déplaise à la personne qui vient de te mâchouiller, t'en as autant que ma tante.

Et encore, j'ai l'impression d'insulter ma tante.

Je le quitte sur ces fortes paraboles.

Fin finale

Ils ont engagé une nouvelle secrétaire à la *Paris Détective Agency.* Une bien moins jolie de Claudette, avec de la moustache et des nichons de maman espagnole.

Elle nous regarde pénétrer sans grande joie.

— C'est à quel sujet, messieurs ?

— C'est au sujet de nous, dis-je en marchant sur la porte de mon ex-bureau.

— Hé, n'entrez pas, ces messieurs sont en conférence ! clame la mal-rasée pigeonnante.

— Eh ben, on va les mett' en circonférence, répond Bérurier.

Nous pénétrons.

Les trois « collègues » puants du début sont là, enluminés, en train de jouer à la belotte basque en éclusant mon pur malt de trente ans d'âge.

Ils sourcillent vilain en nous voyant radiner.

— Qu'est-ce c'est qu'ces manières ? glapit le plus vilain, l'arrogant qui m'a évicté.

Je lui jette un papelard sur les brèmes.

— Ordre de vider les lieux, mes bons pères, nous sommes réintégrés dans nos meubles.

Il lit et pâlit. Et les autres le regardent lire et pâlissent de confiance.

— Seul'ment, avant qu'vous déguerpissâtes, va falloir qu'on vous verse une p'tite indemnité, déclare Bérurier.

Il ôte son veston, puis son chapeau, puis il met son dentier dans sa poche, puis il roule ses manches de chemise.

Le Gravos se tourne vers moi :

— Personnel'ment, j'trouve tes tableaux d'peinture à chier, me dit-il, pourtant, si t'y tiendrais malgré tout, vaut p't'êt' mieux qu'tu les décroches.

OUI : FIN

ACHEVÉ D'IMPRIMER LE
20 AVRIL 1978 SUR LES
PRESSES DE L'IMPRIMERIE
BUSSIÈRE, SAINT-AMAND (CHER)

— N° d'impression : 703 —
Dépôt légal : 2e trimestre 1978.

Imprimé en France